KB119875

오늘의 위로가 도착했습니다

오늘의 위로가 도착했습니다

멘탈케어 · 마디 지음

아파도
아픈 줄 몰랐던
나의 마음에게

위즈덤하우스

아파도 아픈 줄 몰랐던
나의 마음에게

흔히 '건강'의 의미를 '신체적으로 질병이 없거나 허약하지 않은 상태' 정도로만 생각하는 경우가 많다. 하지만 WHO가 규정한 건강의 정의를 정확히 말하자면, '신체뿐 아니라 정신적으로도, 심지어 사회적으로도 안녕한 상태'를 뜻한다. 건강에 정신적인 부분이 포함되어야만 하는 이유는 몸만 멀쩡하다고 해서 그 사람의 전체적인 삶의 질이 우수하다고 장담할 수는 없기 때문이다.

그러나 우리는 여전히 신체적인 건강에 신경 쓰는 것에 비해 정신적인 건강에는 너무나도 적은 관심을 보인다. 물론 개인만의 문제는 아니다. 우리 사회는 심적으로 지친 당신에게 너만 힘든 거 아니라고, 정신력이 부족하기 때문이라고, 힘들어 하는 건 사치라고 몰아붙인다. 그래서 자꾸만 자신도 모르게 심적으로 힘든 것을 감추고 억압하게 된다. 심지어 너무 오랫동안 억압하다보니 마음속 경고 알람 장치는 고장 나게 되고, 결국 나중에는 내 마음이 아픈지도 모른 채 살아가게 된다.

나는 항상 자기 잘못도 아닌데 스스로를 탓하며 마음 아파하는 사람들을 보며 안타까움을 느꼈다. 그래서 심리학과 졸업 후 유튜브 채널 '멘탈케어'를 개설하여 여러 가지 심리 치유 영상 콘텐츠를 만들기 시작했다. 사람들이 보다 대중적이고 간편하게 자기 스스로 마음을 돌보고 치유 받는 프로그램을 체험할 수 있기를 바라는 마음에서였다. 생각보다 많은 분들이 영상을 보며 마음 돌봄을 실천해주셨고 그 반응을 댓글로도 남겨주셨다. 다들 일상생활에서 겉으로 표현하지 않았을 뿐, 마음이 힘들고 심리적 도움이 필요한 사람들이 생각보다 많다는 사실을 유튜브 운영을 통해 다시 한 번 느낄 수 있었다.

유튜브에 이어 심리 지원 서비스까지 운영하면서 마음이 아픈 이들에게 내가 전하고 싶은 메시지는 점점 늘어만 갔다. 어떻게 해야 할까 고민하다가 글로 마음을 전하고 싶어 『오늘의 위로가 도착했습니다』를 쓰게 되었다. 이 책은 카운슬링 코너, 솔루션 코너, 명상 코너 이렇게 총 세 가지로 나누어 집필했다.

먼저 '카운슬링 코너'는 심리 지원 서비스를 지난 3년간 운영하면서 만난 내담자들과의 상담 대화를 토대로 집필했다. 우리 모두가 흔히 겪을 수 있는 사연과 심리적 아픔들을 선정해 재구성한 이야기로 우리 모두가 살면서 한 번씩은 겪어보았을 법한 마음의 고민을 담았다. 카운슬링 코너는 이 책의 공동 저자이자 멘탈케어에서 심리지원가로 활동하셨던 마디 선생님이 주로 작업을 맡아주셨다.

두 번째 '솔루션 코너'는 카운슬링 코너에서 소개한 고민에 대한 심층적인 해결책을 담았다. 이 코너는 주로 필자가 작업을 맡았으며, 그동안 멘탈케어 유튜브 채널에서 구독자분들이 가장 많이 공감한 영상 콘텐츠들을 엄선해 핵심 내용들을 정리하여 집필했다.

세 번째 '명상 코너'는 독자분들이 마음이 고단하고 피로한 날, 유난히 상처를 많이 받은 날에 집에서 편안하게 마음 돌봄을 실천했으면 하는 마음으로 마디 선생님이 구성한 콘텐츠이다. QR코드를 연결하면 명상 멘트가 나오는데, 눈을 감고 이 멘트를 마음으로 따라가면 어느새 마음이 치유된 기분을 느낄 수 있을 것이다. 학교에서, 회사에서, 집에서 언제 어디서나 명상을 간편하게 즐겨보기를 바란다.

이 책은 우울증이나 불안 장애 등 정신 질환을 진단받을 정도가 아니더라도, 학생, 취업준비생, 회사원 등등 이 시대의 평범한 청춘이라면 누구나 경험하는 흔한 사건과 심리적 아픔들에 대한 내용을 담았다. 특히 자존감, 인간관계, 부정적인 감정을 다스리는 것에 상처와 고민을 갖고 있는 분들이 꼭 읽었으면 하는 마음으로 집필했다.

저자로서 작은 바람이 있다면 이 책을 읽은 독자들이 아파도 아픈 줄 몰랐던 자신의 마음이 지금 어떤 상태인지 조금이라도 이해하고 알아차리는 것이다. 그리고 지금 자기 자신에게 꼭 필요한 것이 무엇인지 알고, 타인과 비교하지 않는 삶을 살 수 있기를 바란다.

『오늘의 위로가 도착했습니다』에 담긴 수많은 내용 중 단 하나만이라도 누군가의 마음에 닿았다면, 누군가에게 도움이 되었다면, 그것만으로도 작은 기적이라고 생각한다.

당신의 마음에 작은 기적이 피어날 수 있기를 기원한다.

멘탈케어 김재익

차
례

2장 오늘도 사랑하고 싫어하고 사랑하고
사람이 아픈 날의 위로

3장 행복한 시간이 걱정한 순간보다 많기를

감정이 휩쓴 날의 위로

1장

혼자 힘들었죠
목소리만 들어도 알아

자존감을 돌보는 위로

늘 좋은 사람이어야 한다는
강박이 있어요

사람은 누구나
단점이 있고 실수할 수 있어요.
스스로에게 더 너그러워지세요.

#장녀콤플렉스 #내마음이먼저 #자존감

부모님께서는 늘 맏딸인 저에게 기대가 높으셨어요. 그래서 작은 일에도 많이 혼났고, 제가 원하는 걸 얻기보다는 부모님의 기대를 충족시키는 것이 우선이었죠. 동생한테도 매번 양보해야 해서 제 목소리를 내본 적이 거의 없었어요.

어린 시절의 영향 때문인지 저는 사람 관계에서 늘 참는 편이었던 것 같아요. 사람들의 부탁을 잘 거절하지도 못하고, 막상 제가 누군가의 도움을 필요로 할 때는 입이 잘 떨어지지 않았어요. 최근에는 일을 시작하게 됐는데, 저에게 맞지 않는 일임에도 참고 계속해야 하는 상황이라서 정말 힘들어요. 위에서는 압력을 주고 스트레스는 계속 쌓여가고 있는데 일을 당장 그만둘 수도 없는 상황이에요. 억지로 버티고는 있지만 이젠 정말 한계에 다다른 것 같아요.

요즘 우울감과 무기력이 심해져서, 마음에 관한 책을 찾아보며 회복하려고 노력은 해보는데 그래도 너무 힘이 드네요. 오래전부터 힘든 게 계속 쌓여오다가 최근 들어 한꺼번에 폭발한 것 같아요.

그동안 얼마나 많이 힘드셨을까요. 혹시 주변에 이런 힘든 마음을 나눠본 적 있으신가요?

주변 사람들에게 이런 속마음을 이야기하면 "겨우 그런 일로 징징거리냐"라며 냉정하게 말하더라고요. 우울감이 엄청 심해져서 병원에 다니지 않으면 일상생활이 힘들 정도였는데, 그때에도 주변 사람들은 심각하게 받아들이기보다는 "네가 나약해서 그렇지" "남들은 안 힘든 줄 아냐" 이런 식으로 이야기하셨어요. 하도 모진 말을 많이 듣다 보니 '진짜 내가 이 정도밖에 안 되는 사람인가?' 싶고, 제 입장을 아무도 몰라준다는 생각에 이제는 더 이상 다른 사람들에게 말할 용기도 잘 나지 않아요.

힘든 상황일수록 누군가에게 공감을 받거나 힘내라는 따뜻한 말 한마디 듣는 게 정말 큰 힘이 되었을 텐데요. 그런 말은 커녕 오히려 날카로운 말들이 돌아오니까, 마음이 많이 아팠겠어요.

그런데 요즘에는 '정말로 안 괜찮은데 이걸 왜 괜찮다고 덮고 있어야 되지?' '이제 그만 포기해도 되지 않을까?' 이런 생각까지 들어요. 사실 제 마음은 이미 예전에 한계치를 넘었는데, 괜찮다고 또 누르고 참으면서 버티다가 지금까지 온 것 같아요. 이제는 완전히 지쳐서 일을 그만 두고 그냥 아무 생각 없이 쉬고 싶어요. 그렇지만 이 힘든 마음을 다른 사람에게 표현하는 게 잘 안 되니까, 너무 힘들어요.

💬 쉬고 싶다는 말이 목구멍까지 올라오지만 그것을 '가로막는 생각들'이 있으니까요.

🖋 맞아요. 그러면 제 일을 다른 사람이 하게 될 테니까 남에게 피해를 끼치고 싶지 않고요. 이럴 때 보면 저는 참 모순적인 것 같아요. 남한테는 그렇게 착하게 굴면서 정작 나한테는 착하지 않은 거잖아요. 그렇게 힘들어서 더 이상 일어날 힘이 없는데도 계속 참고 버티기만 하니까요.
늘 착한 딸, 착한 언니, 착한 사람이 되어야 한다는 강박이 있는 것 같아요. 좀 이기적일 필요가 있을 때에도, 제 의사를 전달해야 될 때에도 말문이 턱 막히고 그냥 참게 돼요. 그렇다고 주변에서 인정해주는 것도 아닌데…. 이런 제가 너무 싫고 답답해요.

💬 내담자님의 이야기를 듣는 동안 어린아이가 바닥에 넘어져서 울고 있는데 어른이 그 아이를 억지로 일으켜서 손 붙잡고 끌고 가는 모습이 떠올랐어요. 만일 돌에 걸려 넘어져 울고 있는 아이에게 "빨리 일어나!"라고 소리치면서 억지로 일으키거나 "앞을 보고 걸었어야지!" "왜 똑바로 안 걸었어?"라고 다그친다면 아이는 더 크게 울음을 터트릴 거예요. 그 대신 울고 있는 아이를 부드럽게 다독이면서 "정말 많이 놀랐지?" "얼마나 많이 아팠을까"라고 말하면서 상처에 약을 발라주고 따뜻하게 안아준다면 아이는 아픔을 금세 잊고 다시 일어설 힘이 생겨나지 않을까 싶어요.

우리 마음도 마찬가지예요. 너무 지쳐서 쓰러져 있을 때, 내 마음이 아닌 남의 시선과 입장을 더 신경 쓰느라 억지로 괜찮은 척하면 더 힘이 들 거예요. 이럴 때는 지금 당장 극복하지 않아도 좋으니까 내 마음을 먼저 따뜻하게 보듬어주고 휴식을 취할 수 있도록 도와주세요. 그리고 조금 더 용기를 낼 수 있다면 마치 어른이 아이를 대변하듯, 내담자님 마음을 표현하는 것도 좋아요. 지금 상황에서 나는 더 달려갈 수 없다고, 휴식이 필요하다고 주변에 이야기하는 것도 필요하지 않을까 싶습니다.

🖋 넘어져 있는 나를 억지로 일으킨다는 말이 딱 지금 저의 상황인 것 같아요. 일어나기 힘들다며 울고 있는 아이의 팔을 꽉 붙잡고 계속 끌고 오기만 한 거죠.

💬 그동안 주변에서 내담자님이 참고 억지로 버티도록 계속해서 몰아세웠으니까요. 힘들면 주저앉을 수도 있는데 그건 잘못된 것이라고 압박을 주니까 스스로를 억지로 일으켜 계속해서 달려온 것 같습니다.

🖋 힘들어도 참고, 억지로라도 가야 하는 줄만 알았거든요. 이제부터라도 나 자신을 다그치지 않고 따뜻하게 대해야겠어요. 당장은 용기가 나지 않아서 힘들 수 있겠지만 앞으로 남들에게 제 목소리를 내는 노력도 조금씩 해야겠어요.

💬 그동안 힘든 상황 속에서 혼자서 버텨오는 것이 결코 쉽지 않았을 텐데, 포기하지 않고 노력해오신 것 자체가 진심으로 정말 대단하다고 생각해요. 앞으로의 삶도 녹록치는 않겠지만, 오늘 이야기를 기억하신다면 잘 헤쳐나갈 수 있을 거예요. 마음의 힘을 믿으며 천천히 나아가요.

우리는 불완전하기 때문에 완벽한 존재

　　많은 사람들은 자신의 작은 실수 하나로 남들과 비교하며 스스로를 '완벽하지 못하다'고 다그친다. '나는 왜 이렇게 한심할까?'라며 그저 한 번의 실수나 마음에 들지 않는 자신의 일부분을 놓고 '나'라는 존재 자체를 한심하다고 생각하는 것이다. 이는 스스로에게 할 수 있는 가장 가혹한 행위 중 하나다.

　스스로에게 자꾸 한심하다고 속삭이다 보면 내 편은 모두 사라지게 된다. 스스로 한심한 사람이라는 단정을 굳게 믿어 버리기에 어느 누가 뭐라고 해도 들리지 않기 때문이다.

다른 누구에게도 선뜻 꺼내기조차 어려운
"너 왜 이렇게 한심해?"라는 말을
우리는 스스로에게 너무 쉽게 건넨다.
'나'는 '나'로 인해 상처받고, 주눅 든다.

특히 감정적으로 좋지 않은 상황에서 '나는 왜 이렇게 한심할까?'라고 스스로에게 묻는다면 '네가 남들보다 못나서 그래' '잘하는 게 없어서 그래'와 같이 부정적인 답변으로 흐르기 쉽다. 그렇다면 어떻게 해야 스스로 한심하다고 생각하는 것을 극복할 수 있을까? 이를 설명하기 위해서 우선 우리는 인생 전체를 들여다볼 필요가 있다.

인생은 예상할 수 없는 험난한 모험과도 같다. 인생의 사건들은 무수히 많은 경우의 수를 가지고 일어난다. 그런 예측할 수 없는 여러 일들을 경험하면서 '인생은 자신의 예상과는 다르게 흘러가는 불완전한 것'이라고 깨닫고 배우게 된다. 하지만 보통 우리는 '또 다른 모험'에 대해서는 잘 신경 쓰지 않는다. 그것은 바로 우리의 '내면세계(나라는 존재)'다.

우리는 인생을 살며 이 세상과 자신의 내면세계 사이에서 끊임없는 상호작용을 겪게 된다. 불완전함 그 자체인 인생과 세상 속에서 상호작용하는 '나'의 내면세계 또한 당연히 불완전할 수밖에 없다. 나의 내면세계도 불완전한 이 세상처럼 완벽하게 예상하거나 통제할 수 없다는 것이다.

> 우리는 인생과 이 세상이 불완전하다는 것은
> 쉽게 공감하고 이해하지만,
> 우리의 내면세계가 불완전하다는 것에는
> 언제나 익숙하지 못하다.

오히려 이런 불완전함에 맞서듯 많은 사람들은 완벽함을 갈망하기도 한다. 자신이 '완벽하지 못한' 존재라는 것을 부정한 채 말이다. 불완전할 수밖에 없는 자신과 완벽함이라는 기준 간의 격차와 괴리감을 경험하면 스스로를 끊임없이 실망, 채찍질을 하게 되고 결국 그 기준에 도달하지 못한 자신을 '한심한 사람'으로 만들어버리는 것이다.

우리가 겪고 있는 이 불완전한 세상을 들여다보자. 지구의 70퍼센트를 덮고 있는 바다는 완벽에 가까운 평온함을 보이다가도, 갑자기 무서운 폭풍과 파도가 휘몰아치는 곳이다. 영원하지 않고 끊임없이 변한다는 점에서 우리의 인생과 내면세계도 이 바다와 상당히 닮아 있다. 누군가를 영원히 좋아할 것 같다가도 사소한 일로 미워하기도 한다. 재밌고 잘할 수 있는 분야도 있지만 반면에 아예 자신 없는 분야도 있다. 또한 한없이 행복하다가 갑자기 깊은 우울감에 빠지기도 한다. 이렇게 불안하고 불완전한 존재가 바로 사람이다.

불완전한 특성을 가진 우리 내면에서 필연적으로 발생할 수밖에 없는 파도와 폭풍을 막을 수는 없다. 이 사실을 부정한 채, 완벽한 이상만을 추구하려 한다면 결국에는 '나는 내가 원하는 기준에 도달하지 못하는 한심한 사람'이라는 결론으로 이어질 확률이 높다. 중요한 것은 사람이라면 누구나 단점이 있고 실수할 수 있다는 점이고, 그것은 매우 자연스러운 일이므로 자신에게 필요 이상으로 부정적일 필요가 없다는 것이다.

당신은 절대 한심한 사람이 아니다. 단지 불완전한 존재일 뿐이다. 비록 이 사실을 진정으로 이해하지 못하고, 이런 태도를 지닌 채 인생을 살아오지 못했다 하더라도 당신의 문제만은 아닐 것이다. 우리가 불완전함을 거부하려는 태도를 지니고 살아온 것은 어쩌면 사회와 타인의 압박이 만들어낸 산물일지도 모른다. 불완전함이라는 속성은 나쁜 것이 아니다.

자연스러운 것이고 이 세상의 당연한 이치임을 기억하길 바란다.

당신은 불완전하기 때문에
인간관계를 필요로 하고
누군가에게 사랑받고
누군가를 사랑할 수 있다.
모든 일을 평생 기억하지 않을 수 있고,
힘든 일을 잊을 수 있다.
당신만의 특별한 개성을 가질 수 있으며
그 개성을 통해 남들을 즐겁게 하거나
큰 도움을 줄 수도 있다.

당신은 불완전하기 때문에,
완벽하다.

자꾸 남들과 비교하며
열등감을 느낀다면

가수 딘의 곡 〈인스타그램〉의 가사 중에 이런 내용이 있다. 인스타그램 속엔 잘난 사람, 좋은 곳에 간 사람이 너무 많아 나만 초라해져서 '좋아요'는 안 눌렀다고. SNS 어플의 첫 화면을 켜기만 해도 주변부터 전 세계까지의 다양한 소식을 접할 수 있다. 그만큼 우리는 더 외모가 뛰어나고, 돈 많고, 능력 있고 잘난 모습들을 접하며 나와 비교하고 열등감을 느끼기 쉬워졌다.

그럼 SNS를 끊으면 남과 나를 비교하는 일로부터 벗어날 수 있을까? 결론부터 말하자면, 우리는 비교로부터 벗어나기 힘들며 SNS를 하고 안 하고는 그 빈도 정도에만 영향을 미칠 뿐이다. SNS를 끊어도 TV에 나오는 광고 모델을 보며 열등감을 느낄 수 있고, 항상 만나는 친구들과 직장 동료를 보면서 크고 작은 비교를 할 수 있다. 심지어는 자신의 잘나갔던 옛 모습을 떠올리고, 현재의 자신과 비교하며 좌절할 수도 있다.

도대체 왜 우리는 비교에서 벗어날 수 없는 걸까? 우리 모두는 이미 어릴 때부터 엄마와 아빠를, 먹을 수 있는 것과 먹을 수 없는 것을, 자신과 다른 사람들 간의 차이를, 위험한 것과 위험하지 않은 것을 끊임없이 비교하면서 생존에 필요한 정보들을 학습해왔다.

비교는 필연적으로 우리에게 꼭 필요한 마음의 행위다. 그리고 '자신보다 더 우월한 대상'과 '자신'을 비교하게 되면, 자연스럽게 열등감이라는 감정도 따라서 느끼게 된다. '그럼, 필요한 것만 비교하고 괜히 열등감만 느껴지는 불필요한 비교는 안 하면 되잖아?'라고 생각할 수 있다. 하지만 우리의 마음속 행위를 조절하기는 쉽지 않다.

예를 들어 나보다 더 외모가 뛰어난 사람의 사진을 보기만 해도 우리는 무의식적으로, 자동적으로, 그 사진 속 사람과 자신을 비교하며 열등감을 느낄 수 있다. 이 순간은 너무 빨라서, 이미 열등감이라는 감정에 빠지고 나서야 자신이 무슨 생각을 했는지 알아차릴 확률이 크다.

정상적인 사람이라면 누구나, 의식적이든 무의식적이든 남과 비교를 하고 열등감을 느끼는 이 과정을 경험하며 살아간다.

비교하는 행위가
무조건 잘못됐다고 생각하거나,
열등감이 느껴진다고 해서
자신을 정말 가치 없는 사람이라고
결론 내려서는 안 된다.

또한 인간의 행동을 단순히 원인에 의한 결과물이 아닌, 주체적인 목적을 지니고 이루어진다는 목적론을 주장한 '아들러 심리학'에서는 열등감을 오히려 성장의 원동력으로 보기도 한다. 남보다 못하다는 감정이 동시에 성장하고 싶다는 욕구도 만들어낼 수 있기 때문이다. 스스로 느끼기에 그 성장이 열등감으로 인해 느낀 고통보다 더욱 가치가 있다면, 오히려 열등감을 고마운 존재로 여길 수도 있다. 다만 비교로 인한 스트레스와 열등감이 스스로 너무 심하다고 생각하는 사람들은 '비교와 열등감은 정상적인 것이야'라고 수용하는 것만으로는 문제가 해결되지 않는다. 앞서 말했듯이 비교를 안 하며 살 수는 없지만, 이런 사람들은 더욱 현명하게 비교하는 방법을 배워서 열등감 때문에 느껴온 고통에서 보다 자유로워질 수 있다.

대부분의 사람들은 자신과, 자신보다 잘나 보이는 사람을 비교할 때 그 비교의 시야를 그 사람의 잘나 보이는 부분과 특징에만 한정시킨다. 예를 들어, 자신보다 예뻐 보이는 사람을 보면 그 사람 전체가 아닌 그 사람의 '외모'만 보고 비교를 하는 것이다. 그리고 이러한 비교는 높은 확률로 '나의 존재는 저 사람의 존재보다 가치가 없어'와 같은 식의 비약적이고 과장된 열등의식으로 이어질 수 있다.

내가 생각해도
남과 심하게 스스로를 비교하고
열등감을 느낀다면
의도적으로 비교의 시야를
다른 곳으로 돌려보자.

이때 비교 대상이 지니고 있는 단점을 알고 있다면 그 단점에 대해서 떠올려 보거나, 자신이 열등하다고 느낀 부분이 아닌, 나의 장점을 떠올려볼 수 있다. 물론, 타인의 단점에 비교의 시야를 둔다는 행위 자체가 부정적으로 느껴질 수 있다. 하지만 단점은 나쁜 것이 아니다. 모든 사람은 단점을 지니고 있다. 여기서 핵심은 비교의 시야를 넓혀서 더 객관적인 판단을 하는 것이다. 나무가 아닌 숲을 봐야 한다.

자신과 타인을 비교할 때, 자신의 모습에서는 단점만, 타인의 모습에서는 장점만 초점을 두고 비교하게 되면 부정적이고 편향된 결론을 내리기 쉽다. '나는 저 사람보다 못생겼어'만 생각하는 것보다는 이렇게 비교의 시야를 넓혀서 나의 장점에 초점을 맞춰보는 것은 어떨까?

'오늘부터 내가 가진 장점을 하나씩 찾아봐야겠어.'

'나의 부족한 부분을 장점으로 바꿀 수는 없을까?'

남과 비교하며 스스로를 낮추는 것보다는 '자기 긍정'을 하는 편이 심리적으로 훨씬 건강한 방법이다. 비교와 열등감을 느끼는 것이 잘못된 일은 절대로 아니지만, 이로 인해 너무 지쳐 있다면 비교의 시야를 넓히고 자기 돌봄의 메시지를 보내는 것이 더 현명하다.

내 의견은 없고,
남 위주로만 사는 것 같아요

타인의 기대보다
'자신의 기대'에
먼저 응답해야 해요.

#내가나를힘들게할때 #무조건내편 #자기돌봄

제가 생각하기에 저는 항상 남 위주로 사는 것 같아요. 제 감정이나 제 생각은 별로 중요하지 않고 다른 사람이 어떻게 생각하는지를 늘 먼저 걱정해요. 성격도 되게 소심한 편이라서 사람들이랑 같이 있을 때 누가 조금이라도 기분 나빠하는 것 같으면 '혹시 나 때문일까?' 싶어서 내가 뭘 잘못했는지를 돌아볼 때가 많아요. 만일 누구한테 실수를 하거나 잘못한 일이 생기면 한참을 자책하고요.

사람들과 갈등을 겪는 것 자체가 너무 싫다 보니까 다른 사람이 저한테 뭔가를 부탁하면 거절을 잘 못하겠어요. 누가 무리한 요구를 하거나 말도 안 되는 걸로 따질 때에도 그런 상황 자체가 너무 두렵다 보니, 전혀 미안할 일이 아닌데도 그냥 사과를 하면서 넘길 때도 많고요. 그런데 정작 누군가가 저한테 잘못을 했을 때에는 사과를 받기도 전에 제가 먼저 괜찮다고 말하면서 그냥 넘기게 되더라고요.

그래서인지 주변 사람들한테 "너무 착해 빠졌어" "정말 자존감이 낮은 것 같아" "너 자신을 먼저 좀 챙겨" 이런 얘기를 많이 들었어요. 저도 이런 제 모습이 싫어서 바꾸려고 나름대로 노력하고 있는데, 그게 잘 안 되니까 답답하고 이런 스스로가 한심하게 느껴져요. 도대체 어디서부터 어떻게 시작해야 할지도 잘 모르겠어요.

💬 다른 사람을 걱정하지 않고 나 자신을 먼저 챙긴다는 게 말처럼 쉬운 일은 결코 아니죠. 기억하시기에 언제부터 다른 사람들의 생각이 더 중요하게 느껴졌던 것 같나요?

🖊️ 음, 어릴 적부터 그랬던 것 같아요. 제가 혼나는 걸 정말 무서워했었는데 특히 저희 부모님 앞에서 항상 눈치 보고 조심스럽게 행동했던 기억이 나요. 부모님이 많이 엄하셔서 제가 조금만 잘못해도 그냥 넘어가는 일이 없었거든요.
한번은 초등학교 때 친구들이랑 싸우고 울면서 집에 돌아온 적이 있었는데 부모님께서는 "울긴 왜 울어!" "울면 사람들이 어떻게 보겠냐?"라고 막 소리를 치시더라고요. 너무 속상하고 억울한 마음에 울먹이면서 그 상황을 설명했는데 오히려 "너도 잘못한 게 있으니까 억울해하지 마라"라고 말씀하시면서 저를 더 혼내셨어요. 그날 이불 속에서 소리를 억지로 참아가면서 한참을 울었던 기억이 지금도 생생하게 떠올라요.

💬 그때 얼마나 많이 억울하고 속상하셨을까요.

🖋 그때부터 남들에게 제 이야기가 이해받지 못할 거라는 생각이 마음 한구석에 자리 잡았을지도 몰라요. 무슨 말을 해도 들어주지 않을 것만 같아서, 제 의견이나 생각을 표현하지 않고 늘 남들에게 맞췄거든요.

💬 부모님이 인상을 쓰고 소리를 치시는 순간에는 정말 많이 무서웠을 것 같아요.

🖋 다시 생각해도 너무 힘든 기억이에요. 지금도 누가 막 소리칠 때나 화를 내는 걸 보기만 해도 엄청 겁에 질릴 때가 많아요. 저한테 그러는 게 아닌데도 말이에요. 사람들과 친해지다 보면 부딪히는 부분이 생길 수밖에 없는데, 그럴 때마다 갑자기 두려움이 몰려오고 그 상황을 견뎌내기가 정말 어렵다고 느껴져요. 혹시나 상대방이 나에게 소리치거나 화를 낼까 두렵고요.

어쩌면 그런 기억들로 인해 다른 사람들과의 갈등을 피하고 싶은 마음이 생긴 것 같네요. 우리의 마음은 두렵거나 감당하기 어려운 일을 겪고 난 후에 그 기억을 마음속에 보관해놓아요. 그리고 그때와 비슷한 상황이 다가온다고 생각되면 예전의 감정을 다시금 되살리며 우리에게 위험하다는 신호를 보내죠. 그렇게 또 상처받지 않도록, 무너지지 않도록 우리를 지켜내기 위해 마음은 무척 애를 써요.

다른 사람의 생각을 더 신경 쓰고 다른 사람의 의견에 따라가는 것은 어쩌면 내담자님의 마음이 스스로를 지키는 과정에서 만들어낸 삶의 방식일 수도 있을 것 같아요. 물론 그 방식이 인간관계나 자존감에 부정적인 영향을 주기도 했지만, 타인으로부터 상처를 덜 받도록 도운 부분도 있지 않을까 싶어요.

마음의 관점에서 봤을 때 타인을 의식하는 것은 내담자님을 지키기 위한 행동일 텐데, 이것을 부정적인 것으로 오해하고 무작정 변화시키려고 한다면 마음은 큰 혼란을 겪게 될 거예요. 그동안 다른 사람들에 대한 두려움을 감당하기 위해서 나름대로의 방식으로 힘겹게 노력해왔는데, 그것을 알아주기는커녕 오히려 잘못된 것으로 본다면 마음은 더 억울하고 섭섭할 테니까요.

🖋 정말 그렇겠어요. 제가 이제까지 제 자신을 너무 몰아세 웠던 것 같아요. 마치 부모님이 저에게 그랬던 것처럼 말이에 요. 그렇지만 앞으로도 계속 이렇게 남을 의식하면서 살 수는 없을 텐데, 이제 제가 어떻게 하면 좋을까요?

💬 우선 마음을 알아주고 인정해주는 것이 변화의 시작점이 될 거예요. 만일 누군가를 만났을 때 그 사람이 어떻게 생각할지 신경이 많이 쓰인다면, '왜 이렇게 남을 신경 쓰지?'라고 자신을 다그치기보다는 '상대방에게 혹시나 상처를 받을까 봐 내 마음 이 많이 두려운가 보다'하고 마음을 알아주면 좋을 것 같아요. 남들에게 나의 의견을 표출하는 것이 어렵고 말이 잘 떨어지지 않을 때에도 '나는 왜 이렇게 내 생각을 말하는 것이 어려울까?' 라고 자신을 몰아세우기보다는 '내 말이 상대방에게 전달되지 않을까 봐 마음이 많이 두려운가 보다'라고 그 감정을 따뜻하게 인정해주면 더욱 좋고요.

그렇게 겉으로 드러나는 나의 모습이나 행동 혹은 머릿속에 떠 오르는 생각들 아래에 깔려 있는 두려움을 알아주고 인정해줄 때 내 마음은 그 감정을 감내할 힘을 조금씩 갖게 돼요. 그리고 무엇보다 나 자신에 대해 부끄러워하는 마음이 조금씩 사라지기 시작할 거예요.

🖋 나 자신에 대해 부끄러워하는 마음…. 저는 늘 그런 마음을 갖고 살았던 것 같아요. 그래서 자존감이 떨어지는 것 같고요.

💬 자존감의 의미는 나의 부족한 모습을 존중하는 마음이라고 하더라고요. 속상한 일이 있어 눈물을 흘리거나 또 상처받고 싶지 않아 두려워할 때, 그런 나의 모습을 부끄러워하기보다 따뜻하게 알아주고 충분히 그럴 수 있다고 존중하는 것. 그럴 때 마음속 두려움이 서서히 걷히고 다른 사람들 앞에서 당당히 나설 수 있는 용기가 자연스레 생겨날 거예요.

스스로 자존감이 낮다고
생각하는 당신에게

'자존감'이라는 개념은 상당히 주관적이고 추상적인 개념이다. 스스로를 평가할 때 자신의 전반적인 면을 높게 평가할 수도 있으며, 반면에 자신의 일부(예를 들면, 높은 성적)는 높게 평가하면서 동시에 자신의 다른 부분(예를 들면, 외모)에 대해서는 낮게 평가할 수 있다. 이러한 이유로, 자존감은 상황에 따라 높았다가 낮아지기도 하며 많은 변수를 가지고 있다.

그럼에도 불구하고, 스스로의 자존감이 어느 수준인지 나름대로의 기준에 맞춰 인지하고 있는 사람들이 많다. 자신의 자존감이 전반적으로 부족하다고 생각하는 사람들은 왜 자신의 자존감이 낮은가를 한 번쯤 고민해봤을 것이다. 그 이유를 정확히 다 찾아내기란 쉽지 않겠지만, 우리가 흔히 놓칠 수 있는 사실이 하나 있다. 그것은 바로, 우월감이 높은 사람은 오히려 자존감이 낮아질 수 있다는 것이다.

우월감의 사전적 의미는 '자신이 남보다 낫다고 여기는 것'이다. 그래서 '우월감이 높은 사람이라면, 당연히 자존감도 높은 거 아닌가?'란 의문이 들 수 있다. 하지만 우월감이 자존감과 직결되는 것은 아니다. 보통 우월감이 높은 사람은 우월감을 '지향'하게 된다. 쉽게 말해, '난 남들보다 뛰어나!'라고 느끼는 사람들은 주로 심리적 기저에 '난 남들보다 뛰어나야 해'라는 기준도 동시에 가지고 있는 경우가 많다는 것이다. 자신이 남들보다 뛰어나다는 감정, 즉 우월감을 느끼기 위해서는 현실의 자신을 그럴 가치가 있는 위치까지 올려놔야 하고, 그러기 위해서는 높은 기준이 필요하다.

바로 이 스스로가 정해둔 '높은 기준'이 자존감의 저하를 일으킬 수 있다. 마음속 높은 기준과 그 기준에 미치지 못하는 현실의 자신을 끊임없이 비교하고, 자신을 부정적으로 평가하면서, 결국 자존감까지 낮아지게 되는 것이다. 정리하면 아래와 같다.

"우리 회사에서 내가 제일 잘나야 해." (우월감을 지향)

"노력해도 나보다 잘난 사람들이 있네." (높은 기준과 현실의 자신을 비교)

"내 기준을 충족하지 못하고 있어. 난 한심한 사람인 것 같아…." (자신에 대한 의심과 자존감의 하락)

높은 기준을 가진 사람들 모두가 자존감이 낮은 것은 아니다. 오히려 자신이 정한 기준을 달성하고, 성취감을 이루어 높은 자존감을 느낄 수도 있다. 스스로가 정한 기준이라는 것은 다르게 말하면 자신의 목표이기도 하므로, 어떻게 보면 우리를 발전시킬 원동력으로서 아주 중요한 것일 수 있다.

그렇다면 어떻게 하면 자존감도 지키면서, 발전을 위한 스스로의 기준을 세우고 그 기준을 향해 나아갈 수 있을까?

높은 자존감을 잘 유지하면서
성장해나가는 사람들은
발전을 위해 자신이 세운 기준과
현실의 자신을
최대한 비교하려고 하지 않는다.

그 기준에 아직 도달하지 않은
'현실의 나'도 충분한 존재로 생각하고
나쁘지 않게 바라보는 태도를 지니고 있다.

현실의 자신도 충분하다고 생각하더라도, 더욱 추구하고 원하는 것이 있다면 자신의 성장을 위한 기준을 만들고 그것을 향해 달려 나갈 수 있다. 하지만 우월감을 지향하는 사람들은 비교적 자신이 정한 높은 기준에 비해 낮은 위치에 있는 '현실의 나'를 존중하기보다는 부끄럽게 생각한다. 이는 철저히 자신을 발전시키기 위한 의식일 수 있지만, 그 과정에서 뜻하지 않게 자존감이 낮아질 수 있는 것이다.

사람이라면 누구나 크고 작은 우월감이나 부끄러움을 느낄 수 있다. 이런 감정들은 아주 자연스러운 것이니 문제가 있다고 생각할 필요는 없다. 중요한 것은 우월감을 지향하는 태도가 오히려 자존감을 깎아 먹을 수 있다는 것을 알아차리는 일이다.

또한 자신이 도달하고 싶은 기준(취업, 진급, 명예, 부 등)을 잣대로 삼아, 그 기준에 아직 도달하지 못한 현실의 자신을 '난 보잘것없는 존재야'와 같은 식으로 바라보는 것이 아니라

'지금 나는 내 목표에 도달하지 못했지만, 그렇다고 내가 지금 보잘것없다거나 잘못된 존재가 되는 건 아니야'라고 생각하자. 현재의 자신을 있는 그대로 괜찮게, 그게 안 되면 적어도 '나쁘지 않게' 바라보는 태도와 시도들이 자존감 형성에 있어서 아주 중요하다.

자존감은 만드는 것이 아니라 되찾는 것

혹시 자신보다 키가 훨씬 큰 사람을 본 적이 있는가? 그런 사람들을 볼 때면 우리는 이렇게 생각할 수 있다.

'저 사람의 키가 큰 건 타고났기 때문이야.'

키는 선천적인 부분이 굉장히 큰 비중을 차지하는 게 사실이다. 그렇다면 사람들마다 타고난 신체 조건이 있듯이 높은 자존감과 같은 심리적 우월성도 선천적으로 타고나는 것일까? 의외로 많은 사람들은 자존감이 선천적인 속성이라고 믿는다. 그래서 자신의 자존감이 낮은 이유가 타고나지 못했기 때문이라고 생각하곤 한다. 한발 더 나아가, 자존감 높은 사람들과 자신은 다른 존재라고 믿고 더욱 스스로를 고립시키게 된다.

여기서 우리가 꼭 알아야 할 사실은 바로 자존감을 타고나지 않은 사람은 없다는 것이다. 아기들을 한번 생각해보자. 아기들은 배가 고프면 당당하게 울부짖고 누군가 쳐다보면 부끄러워하거나 눈을 피하려 하지 않는다. 스스로 움직이고, 일어서고, 걷는 방법을 터득한다. 눈치 보지 않고 자신의 욕구를 당당하게 표현할 줄 알며 스스로 발전시키고 이뤄낸 것들은 경이로울 정도이다. 자신을 아끼고 사랑하는 마음인 자존감과 스스로 뭐든 할 수 있다고 믿는 자신감. 자신감과 자존감 없는 아기는 없다. 자신감과 자존감은 누구나 느껴봤고, 알고 있는 것이 틀림없다.

그렇다면 왜 자신감이나 자존감이 점점 떨어지는 것처럼 느껴질까? 우리는 나이가 들면서 내적으로 점점 복잡한 생각을 하도록 뇌가 발달하고, 동시에 외적으로는 우리의 자존감과 자신감을 막아서는 환경적인 사건들을 맞이하게 된다.

"뛰어다니지 말고 조심하라 그랬지!"

"다른 애들은 잘하는데 너는 왜 못하니?"

아이가 어느 정도 자라면, 실수나 잘못을 저지르면 야단을 맞는다는 것을 경험하게 된다. 또한 또래를 사귀고 처음으로

인간관계를 경험하면서 여러 가지 비교를 겪고, 점점 눈치
보는 것이 늘어만 간다.

'얘는 나보다 더 공부를 잘하네….'

'나랑 친해진 친구가 나한테 실망하면 어떻게 하지?'

어른이 되면 취업, 결혼 등 경쟁과 비교가 난무하는 사회
속으로 뛰어들게 된다. 그러면서 자연스레 우리 마음 속 자
신감과 자존감은 줄어들고 잊혀 가는 것이다. 하지만 깊은
마음속에는 여전히 자존감이 남아 있다. 없어진 것이 아니라
가려져 있을 뿐이다. 자존감이라는 감정은 타고난 것이기 때
문에 결코 사라지지 않는다.

> 자존감이란
> 새로 만들고 기르는 것이 아니다.
> 원래부터 스스로에게 존재했던
> 자존감을 되찾는 것이라고
> 생각하는 것이 훨씬 중요하다.

스스로 자존감을 타고나지 못했다고 믿으며 새로운 자존
감을 힘겹게 '만들어내야 한다'고 압박을 느끼는 것. 높은 자

존감이 이미 내 안에 있다는 것을 알고, 그것을 '다시 찾으면 된다'고 안심하는 것. 이 둘 사이에는 상당한 차이가 있다. 자존감을 어떻게 되찾는 게 좋을지는 각자의 상황과 경험에 따라 다르므로 모두에게 적용되는 정답은 없다. 하지만 '자존감은 만드는 것이 아니라 되찾는 것'이라는 중요한 사실을 기억한다면, 당신의 높은 잠재가치를 인식하고 생각보다 더욱 앞선 시작점에 있다는 것을 깨달을 수 있다.

타인이 아닌,
나를 위해 살아야 해요

　　남에게 미움받는 것을 두려워하지 않는 사람이 있을까? 사회생활을 하며 서로가 서로에게 많은 영향을 주고받는 우리는 본능적으로 '남에게 미움받고 싶지 않은 욕구'를 지니고 있다. 남에게 외면당할 때, 우리의 뇌는 신체적 고통에 반응하는 것과 유사한 반응을 보인다. 미움받고 싶지 않은 당신은 지극히 정상적인 사람이다. '내가 소심해서'라고 자신을 탓할 필요도 없다. 하지만 '남에게 미움받고 싶지 않은' 너무나도 당연한 이 욕구로 인해, 우리는 인생을 살아가는 동안 많은 상처를 경험하기도 한다.

　　우리는 타인에게 미움받지 않기 위해 타인이 우리를 향해 원하는 일, '타인의 기대'에 집중하게 된다. 이것이 반복되다 보면 우리는 어느새 부모님이 정해준 길을 걷기 위해 자신의 꿈을 포기하거나, 반복되는 회식에 참석하느라 퇴근 후 여가 시간을 못 누리는 등 타인의 기대를 위해 살아가고 있는 자신을 발견하게 된다.

그렇다고 타인을 항상 만족시킬 수 있는 것도 아니다. 우리에겐 모든 사람들의 기대를 정확히 읽을 수 있는 능력이 없다. 단지 그 사람의 생각과 기대를 최대한 예상할 뿐이고, 그 기대에 부응하기 위해 열심히 노력해도 좋은 반응을 얻지 못했을 때는 깊은 실망감과 자괴감에 빠지기도 한다.

> 미움받을 용기를 지닌 채
> 살아간다는 것은
> 곧 '타인의 기대를 위해
> 살아가지 않는 것'을 의미한다.

타인의 기대에 귀 기울이며 우리는 배려심을 가질 수 있고 타인과 어울려 살아갈 수 있지만, 그 기대에 지나치게 집착해 자신을 갉아먹어서는 안 된다. 우리 마음속 한편에는 우리가 외면하고 있던 '자신 스스로를 향한 기대'가 숨어 있다. 타인의 기대는 신경 쓰면서 자신의 기대를 외면한다는 것은 타인에게 미움받을 용기보다 자신 스스로에게 미움받을 용기가 더 크다는 것을 의미한다. 이렇게 본다면, 우리는 이미 미움받을 용기를 충분히 지니고 있는 것 같기도 하다. 그 방향이 타인이 아닌 자신에게 향했을 뿐.

'타인에게 미움받을 용기'를 지니기 위해 우리에게 필요한 것은 타인의 기대보다 자신의 기대에 우선적으로 귀를 기울이는 것이다. 게다가 자신의 기대를 충족시켜 주는 것은 타인의 기대를 충족시키는 것보다 훨씬 쉬운 일이다. 타인의 기대는 우리가 정확하게 예측하지 못할 때가 많지만, 스스로의 기대와 바람은 그 누구보다 가장 빠르게 읽어낼 수 있기 때문이다. 다만 타인의 기대에 집중하는 것에 비해서 아직 많이 해보지 않은 일이라 익숙하지 않을 뿐이다.

부모님이 원하시던 직업을 그만두고 나를 위한 시간을 가지거나 가기 싫은 술자리에 더 이상 참석하지 않는 등 내키지 않는 부탁을 거절하면서 자신의 기대에 집중하기 시작하면 보이지 않던 것들이 보이기 시작한다. 이제 내 마음을 소외시키고 외면하던 용기를 '타인의 기대를 외면하고 미움받을 수 있는 용기'로 바꿔보는 것은 어떨까?

내가 나를 얼마나 소외하고 있었는지,

내가 타인보다 얼마나 더 소중하고

중요한 존재였는지를 기억하며

내 마음의 기대에 집중해야 한다.

예민하고 생각이 많은 내가
너무 싫어요

생각이 많을 때는
'지금 내 마음이 감정을 소화 중이구나.'
이렇게 생각해보세요.

#생각이많은밤 #있는그대로 #나를사랑하자

✍️ 저는 항상 부정적인 생각 속에서 맴돌며 사는 것 같아요. 안 좋은 생각이 하루종일 머릿속에 가득 차 있고, 도저히 사라지질 않아요. 아침에 눈을 뜨자마자 불쾌한 생각들이 떠오르기도 하고, 일을 할 때도 그런 생각들이 저를 계속 방해하니까 집중도 잘 안 되고요. 잠이라도 편하게 자고 싶은데, 침대에 눕기만 하면 생각이 너무 많아져서 잠을 잘 못 잘 때가 많아요.

💬 하루하루가 많이 괴로우시겠어요. 주로 어떤 생각들이 많이 떠오르나요?

✍️ 오늘 하루 중에 기분이 나빴던 일에 관한 생각이 많이 떠올라요. 제가 좀 소심한 편이라서 상대방이 저한테 하는 말에 굉장히 신경을 많이 쓰거든요. 특히 누군가가 저를 지적하거나 무시하는 것 같을 때 타격을 심하게 받아요. 그래서 그런 일을 겪으면 하루 종일 그 사람이나 그때의 상황이 머릿속에 계속해

서 떠올라요.

더 큰 문제는 그런 안 좋은 기억이 일주일이나 한 달이 지나도 도무지 잊히질 않고 자주 떠오른다는 거예요. 다른 사람들은 기분 나쁜 일이 있어도 금방 잊고 잘 넘기던데 저는 왜 이렇게 오랫동안 생각하는지 모르겠어요.

💬 그동안 이런 생각들이 반복해서 떠오를 때 어떻게 반응하셨나요?

🖋 의도적으로 다른 생각을 해보기도 했고, 유튜브나 드라마 같은 걸 보면서 주의를 돌리려 노력도 해봤는데 별로 소용이 없더라고요. 답답한 마음에 인터넷, 유튜브에 검색해보니까 명상이 생각 다스리기에 좋다고 해서 몇 번 따라 해봤어요. 그런데 명상이 저랑 잘 안 맞는 건지, 명상을 할 때 오히려 잡생각이 더 많이 들더라고요.

이상하게도 예전에는 기분 나쁜 일이 있을 때에만 안 좋은 생각에 휩싸였는데, 지금은 신경 거슬리는 일이 조금만 있어도 부정적인 생각에 바로 사로잡히는 것 같아요. 그러다 보니 신경을 조금이라도 덜 쓰려고 사람들과 같이 있는 자리를 피할 때가 많아졌어요. 그런데 그런 자리를 피하면 일단은 마음이 편하긴 하지만, 시간이 갈수록 더 외롭고 무기력해지더라고요. 그렇다고 사람들과 어울리면 제 모습이 너무 신경 쓰이고. 부정적인 생각 속에서 한동안 헤맬 수밖에 없으니까 두렵고. 도대체 왜 이러는 걸까요?

마음은 수치심이나 두려움과 같은 강한 감정을 겪은 후에 그것을 충분히 소화할 시간을 필요로 해요. 강한 감정일수록 내가 느끼는 고통도 크고, 마음이 그것을 처리해내기가 더더욱 어려우니까요. 그렇게 감정을 소화하는 과정에서 마음은 불편한 기억과 생각들을 반복해서 떠올리게 돼요. 마음의 관점에서 볼 때 안 좋은 생각이 계속 떠오르는 것은 힘든 일을 겪은 후에 일어나는 자연스러운 현상인 거죠.

하지만 우리는 그 사실을 잘 모르니까 나에게 문제가 있어서 부정적인 생각이 자꾸 떠오른다고 '오해'를 하게 돼요. 그래서 생각이 떠오르는 것이 마음의 자연스러운 소화 과정임에도 불구하고 그것을 '문제'로 인식하고, 그 문제를 풀기 위해 애쓰기 시작하죠. 생각이 자주 떠오르는 원인이 도대체 무엇인지, 자존감 때문인지, 아니면 성격 때문인지, 아무리 고민하고 분석해봐도 딱 떨어지는 정답을 찾기가 힘들고, 생각에 대한 집착만 계속 커지게 돼요.

안타까운 것은 그렇게 나에게 있는 문제들, 마이너스 요소들을 없애는 데 모든 에너지가 집중되어 있을 때 삶에 있는 플러스 요소들이 나에게 들어오기가 어려워진다는 사실이에요. 삶의 소소한 기쁨, 여유로움, 평온함이 더 이상 느껴지지 않고, 평소에 즐기던 것들조차 흥미를 잃거나 버겁게 느껴지기도 하니까요.

🌱 제가 딱 지금 그런 상황인 것 같아요. 삶의 모든 의욕이 없어지고 오로지 생각에만 집착하고 있으니까요.

💬 지금처럼 불편한 생각들이 일상의 행복을 계속해서 방해하니까, 마음은 그런 생각들을 '싸워서 이겨야 할 적'으로 인식하게 돼요. 그래서 안 좋은 생각이 떠오를 때 반박하거나 억누르면서 그 싸움에서 이기기 위해 온갖 노력을 하기 시작하죠. 마음의 관점에서는 불편하고 힘든 감정을 잘 받아들이기 위해 생각을 떠올리는 것인데, 우리가 이 생각을 적으로 보고 오히려 더 억누르면 감정이 잘 소화되지 않고 마음은 더 많은 생각을 떠올리게 돼요. 그렇게 생각이 꼬리에 꼬리를 물면서 내 머릿속

을 꽉 채우게 되죠.

🖋 그래서 생각이 그렇게도 많이 떠올랐던 거군요…. 그러면 이제부터 제가 어떻게 해야 할까요?

💬 우리가 바꿀 수 있는 것은 '태도' 하나뿐이에요. 생각은 우리의 의도와 상관없이 머릿속에 들어오기 때문에 우리가 통제할 수 있는 영역 밖에 있어요. 하지만 떠오르는 생각에 대해서 어떻게 바라볼 것인지, 그 태도만큼은 우리가 선택할 수 있고, 바꿀 수 있죠.

태도를 바꾼다는 건 생각에 대해 그동안 가져왔던 오해를 푸는 것을 의미해요. 지금까지 생각을 '해결해야 할 문제' 혹은 '싸워서 이겨내야 할 적'으로 오해하고 있었기에 과거의 강렬한 감정도 처리하지 못할 뿐더러 생각이 꼬리에 꼬리를 무는 악순환으로 이어진 것이니까요. 그 오해를 풀기 위해서는 우선 내가 그 생각을 어떻게 바라보는지, 생각에 대하여 어떤 태도를 가지는지를 '알아차리는 것'이 중요해요.

🖋 알아차리는 것. 지금까지는 저의 부정적인 생각과 불안을

그저 미워하고 얼른 해결하는 데에만 급급하며 조바심을 느꼈던 것 같네요. 저를 늘 비난하고 몰아세우기만 했어요. 이제부터라도 제 자신을 따뜻하게 대할 수 있도록 노력해야겠습니다.

'내가 생각을 적으로 오해하고 있었구나.'
'내가 생각을 문제로 바라보고 있었구나.'
이렇게 생각해보세요. 내가 오해했다는 사실을 알아차리는 순간 생각에 대한 태도는 저절로 '적'과 '문제'에서 '현상'으로 변화하고, 그제야 비로소 마음은 과거의 감정을 처리하기 시작할 거예요. 그러고 나면 감정이 꽉 차지하고 있던 마음속 자리에 공간이 조금씩 생겨나고, 그곳으로 평온한 바람이 조금씩 들어오기 시작할 거예요.
생각에 대한 태도를 알아차리는 과정이 충분히 반복되면, 만일 불편한 생각이 떠오르더라도 '아, 그 일이 계속 떠오르는 걸 보니까 그때 받은 스트레스가 커서 내 마음이 소화하기가 힘든가 보다'라고 생각하게 되죠. 그럼 오히려 내 마음을 따뜻하게 보듬어줄 수 있을 겁니다.

흔들리는 자기 자신을
그대로 바라봐주세요

　　우리는 다른 사람들에 대하여 너무 신경을 많이 쓴다. 그냥 흘릴 수 있는 말도 계속 붙잡고 며칠 동안이나 왜 그런 말을 했는지 이유를 생각한다. 누군가의 비판을 들을 때면 그 순간 너무 당황한 나머지 아무런 대꾸도 하지 못한 채 고개를 푹 숙이게 되고, 그런 나 자신이 너무 한심하고 밉다.

　'나는 왜 이럴까?'

　'도대체 어떻게 하면 다른 사람의 말을 신경 쓰지 않을 수 있을까?'

　누군가의 말을 들을 때 귀를 막지 않는 한, 그 사람의 말은 자동적으로 뇌에 입력된다. 그리고 말의 중요도나 의미에 따라 내 머릿속에 오래 남겨지거나, 어느 정도 머물다가 금방 기억 저편으로 사라질 수도 있다. 한마디로 중요한 의미를 지니는 말은 붙잡고, 그렇지 않은 말은 흘려보내는 것이다.

우리가 붙잡는 말은 공통적으로 나에게 어떠한 '감정'을 일으키는 것들이다. 분노, 수치심, 불안, 열등감 등 불쾌한 감정을 주는 말일수록 더욱 오랫동안 붙잡는다. 어떤 말을 들었을 때 감정이 생기는 것은 굉장히 빠른 찰나에 일어나는 일이다. 내가 싫어하는 말을 들었을 때 내 마음은 불쾌한 감정을 이미 느끼고 있고 우리는 자동적으로 그 말을 붙잡는다.

여기까지는 굉장히 자연스러운 과정이다. 하지만 우리는 때때로 그 말들을 과도하게 오랫동안 붙잡아 자신을 괴롭힌다. 어떤 말이 머릿속에 머무를 때, 다시 말해 우리가 어떤 말을 붙잡을 때 한 가지 공통점이 있는데 그것은 바로 우리가 '물음표'를 던지고 있다는 사실이다.

'왜 그 사람이 그렇게 말했을까?'

'그 말에는 무슨 의미가 있을까?'

'나는 왜 이런 생각을 흘려보내지 못할까?'

'나는 왜 이렇게 신경을 많이 쓸까?'

우리가 던지는 질문의 대부분은 명쾌한 답이 나오지 않는 것들이다. 오히려 더 많은 질문들을 만들 뿐이다. 그리고 그 물음이 끊임없이 반복되었을 때 도출된 결론은 대부분 '존재의 문제'로 귀결된다.

'나는 왜 이런 사람일까?'

'내가 잘못된 것이구나.'

'나는 헤어 나올 수 없는 문제에 빠졌어.'

만일 당신이 누군가의 비판을 듣는다면, 참고 정도만 하고 흘려보내면 된다. 오랫동안 그 말을 붙잡느라 자신을 괴롭힐 필요는 없다. 단지 '자신이 그 말을 붙잡고 있다는 사실을 알아차리기'만 하면 된다.

'아, 내가 그 말을 붙잡고 있었구나.'

'내가 자신에게 물음표를 던지면서 그 생각을 붙잡고 있었구나.'

만일 당신이 스스로에게 수많은 질문들을 던지고 있다면, 그런 자신을 한발 떨어져 객관적으로 관찰하려는 노력이 필요하다. 당신을 붙잡는 부정적인 생각들을 완전히 해결하지는 못해도, 그저 알아차려주기만 하는 것만으로도 마음이 조금은 편해질 것이다.

스스로 내린 결정과 판단에
자신감을 가지세요

"내가 봤을 때 그 사람이랑은 무조건 헤어지는 게 맞는 것 같은데?"

"아… 그래?"

"내가 봤을 땐 너랑 그 직장은 안 어울리는 것 같아. 직장을 옮겨야 할 것 같은데?"

"음… 그런가?"

어느 누군가의 말에도 휘둘리지 않는, 자신만의 곧은 줏대를 가진다는 것은 결코 쉬운 일이 아니다. 특히 스스로 무언가에 대해 확신을 가지지 못하고 있거나 고민하고 있는 경우엔 더욱 그렇다. 나에게 향하는 남들의 충고와 의견이 때로는 도움이 되기도 하지만, 때로는 독이 되기도 한다.

'아… 그때 그 사람이 그렇게 잘못한 건 아니었는데. 왜 친구 말만 믿고 헤어지자고 했을까.'

'괜히 친구 말만 듣고 회사를 나왔네…. 예전보다 더 힘들어졌네.'

나중에 후회할 때, 결과적으로 책임은 온전히 나에게만 부여된다. 타인은 나에게 했던 조언이나 충고에 대해 책임을 질 수 없고, 내가 중심이 되지 못한 결정에는 후회가 더욱 크게 다가온다. 물론 타인의 이야기를 적절하게 수용하는 것은 필요하다. 자신이 몰랐던 부분이나 미처 생각하지 못했던 부분에 대해 새롭게 깨닫게 되어 여러 가지 걱정을 해소하거나 결정을 내릴 때 도움이 될 수 있기 때문이다.

하지만 나다움을 잃은 채로, 남의 말을 그대로 받아들이게 된다면 계속해서 후회하는 결정을 하게 되고 상처받는 일이 생길 수밖에 없다. 그렇다고 그때 왜 그런 말을 나에게 한 거냐고 다른 사람에게 책임을 물을 수도 없는 노릇이다. 어떻게 해야 남의 말에 휘둘리지 않고 중심을 지킬 수 있을까?

나와 관련된 일들에 대해서

가장 정확히 잘 아는 사람은 바로 '나'다.
내가 내리는 결정과 판단이
남들보다 더 정확하다는 것을 인지하고,
내 결정과 판단에 자신감을 가져야 한다.

현재 내가 처해 있는 여러 가지 환경과 상황, 감정과 심리 상태에 대해서는 내가 가장 정확하게 알고 있다. 내가 아니고서는 아무도 이 모든 정보를 정확하게 인지하고 느낄 수 없다. 아무리 타인에게 자신의 상황을 설명하고 조언을 구한다고 하더라도, 본인이 자기 마음을 정확히 인지하고 있는 경우와 남들 말만 듣고 대략 예상하는 경우는 상당한 차이가 있다. 그래서 누군가가 나의 상황을 나름대로 인지하고 여러 충고와 평가를 해준다고 하더라도, 그 말은 참고 자료가 될 수는 있을지언정, 절대 나의 판단과 결정을 뛰어넘는 기준이 될 수는 없다.

자신의 선택에 대해서 고민이 너무 많은 경우에는 각각의 결정을 내린 후의 미래를 최대한 예상해보고, 그중 어떤 선택이 가장 덜 후회될 것 같은지 가려내보는 것도 하나의 방법이다. 또한 여러 가지 정보를 찾아보거나 최대한 여러 명에게 의견을 물어보는 방법을 통해 판단하는 데 도움을 받을 수 있다.

하지만 혼자 너무 고민이 된다고 상대방의 의견에 크게 의존하는 것은 피해야 한다. 앞서 말했듯이, 어디까지나 타인의 의견은 그저 참고 자료이며 결국 결정과 판단은 최종적으로 자신의 주관에 의해 이루어지는 것이 좋다.

나의 판단과 결정이
가장 우선이라고 생각하는 것은
전반적인 자존감을 올리는 데도
상당히 도움이 된다.
나를 향한 평가도,
일에 대한 결정도
내가 선택의 권리를 갖기 때문이다.

나를 제일 잘 알고 있는 사람은
바로 나다.

점점 쓸모없는 사람이
되어가는 것 같아요

'내가 왜 그랬을까?' 대신
'내가 얼마나 힘들면 그랬을까.'

#슬럼프극복 #셀프위로 #내안의잠재력

저는 나이도 많고 사회생활을 시작한 지도 꽤 오래됐어요. 지금까지 정신없이 달려왔지만 되돌아보면 그동안 이룬 것이 하나도 없다는 생각이 들어요. 이 나이쯤이면 능력도 어느 정도 갖추고 안정적인 생활을 할 때가 된 것 같은데, 갈수록 능력은 더 떨어지고 있고 회사에서 아직까지도 자리를 못 잡았으니까요. 무엇보다 사람들과 어울리는 법을 잊어버린 것 같아요. 예전에는 회사에서 친하게 지내던 사람이 그래도 몇 명은 있었는데, 지금은 가까이 지내는 사람이 거의 없어요. 다른 사람들이 저를 멀리하는 건지 아니면 제가 저도 모르게 사람들과 거리를 둔 건지는 잘 모르겠지만, 어느 순간부터 직장에서 투명 인간이 된 것 같아요. 이제 사람들에게 다가가는 것도 너무 어렵고 대화를 하려 해도 말이 잘 나오지 않아요. 제가 언제부터 이런 사람이 됐는지 잘 모르겠어요. 점점 쓸모없는 사람이 되어가는 것 같아 힘이 듭니다.

💬 일에 적응하는 것도 쉽지 않으실 텐데 인간관계에 있어서도 고립되어 있는 상황이라서 회사에 있는 동안 심적으로 정말 많이 힘드시겠어요.

🖋 네, 출근하는 날에는 아침에 눈을 뜨자마자 오늘 하루를 버틸 자신이 없다는 생각이 들면서 두려움이 몰려오고 심장이 막 뛰어요. 회사에 가면 일에 집중도 안 되고 다른 사람들의 시선 하나하나가 다 신경 쓰이고, 하루종일 부정적인 생각만 떠올라요. 왜 사람들 사이에서 벽이 느껴지는지, 왜 직장 동료들과 잘 어울리지 못하는지 모르겠어요. 예전엔 그렇지 않았는데 언제부턴가 제가 이상한 사람이 되어버린 것 같아서 솔직히 겁도 나요.

어떤 날은 정말 가슴이 터질 것만 같았던 순간도 있었어요. 숨이 잘 안 쉬어지고 머릿속이 새하얘지면서 죽을 것 같은 느낌이 들었거든요. 병원에 가보니까 공황 증상이 나타난 거라고 하더라고요. 의사 선생님은 스트레스가 감당할 수 있는 수준을 넘어선 것 같다고 일을 당장 쉬어야 한다고 말씀하시는데, 그런다고 마음이 괜찮아질지 잘 모르겠어요. 이제는 회사에 있을 때나 집에 있을 때나 머릿속이 오만 가지 생각으로 꽉 차 있는 것 같아요. 처방받은 약을 먹을 때는 조금 괜찮아졌다가, 금세 원상태로 돌아가니까 제가 다시 괜찮아질 수 있을지 솔직히 잘 모르겠어요.

💬 그동안 마음이 받아온 압박감이 얼마나 컸을까요. 뭔가 잘못되었다는 생각은 점점 확고해지는데 어떻게 해야 좋을지 갈피를 잡지 못하니까 마음속 혼란이 감당하지 못할 정도로 커졌나 봅니다.

✒️ 그런 것 같아요. 그냥 제 자신이 한심하다는 생각밖에 안 들어요. 마음이 이러니까 일상생활이 어렵고, 그럴수록 더 심란해지고…. 어떻게 하면 이 상황에서 벗어날 수 있을까요?

💬 환경을 어떻게 구성하는지가 공간의 분위기에 큰 영향을 주듯이, 마음 또한 하나의 심리적 공간이기에 내적 환경을 어떻게 구성하는지가 우리의 심리 상태에 아주 중요해요. 비유하자면 방에 곰팡이가 많이 폈을 때 곰팡이가 있는 부분만 집중적으로 청소하면 일시적으로는 지워지겠지만 결국에는 다시 생겨날 거예요. 이럴 때는 창문을 열어서 환기를 시키고 커튼을 걷

어서 햇빛이 잘 들어오도록 환경을 변화시키는 방법이 더 필요하죠.

마음도 마찬가지로 때때로 슬럼프가 오랫동안 지속되고 문제가 잘 극복되지 않는다면, 그 문제를 없애기 위해 애를 쓰기보다 마음의 환경을 변화시키는 것이 더 필요할 수 있어요. 마치 마음에 햇빛을 내리쬐고 환기를 시키듯 내가 잘하고 있는 부분을 스스로 발견하고 지금 상황에서 감사할 수 있는 것을 떠올릴 때 마음은 스스로 회복할 힘을 얻을 수 있죠.

하지만 마음의 공간이 무언가로 꽉 차서 사방으로 둘러싸고 있으면, 시야가 좁아지고 내가 가진 문제들밖에 보이지 않을 거예요. 아무리 긍정적으로 생각하려고 노력해도 부정적인 생각만 들고요. 그런 상태에서 감사하는 마음을 갖는다는 건 정말 어려운 일이니까요.

정말 그래요. 저의 부정적인 모습밖에 보이질 않다 보니까 솔직히 제가 잘하는 부분이 있는지도 잘 모르겠고, 저의 모든 것이 문제처럼 느껴져요.

지금 내담자님의 마음을 둘러싸고 있는 것은 자신을 향한 타인의 따가운 시선이지 않을까 싶어요. 마치 누군가에게 늘 감시받는 것처럼, 자신의 행동을 비판적으로 바라보는 타인의 시선이 마음속에 가득 차 있으면 내가 어떤 행동을 하더라도 전부 부적절하게 느껴질 거예요. 나의 모습 하나하나가 다 신경 쓰이고, 그럴수록 행동은 더욱 부자연스러워져서 업무나 인간관계에 안 좋은 영향을 미치게 되죠.

그렇기에 자신을 비판적으로 바라보는 시선을 하나둘 걷어내는 연습이 필요하지 않을까 생각이 들어요. 스스로에게 비판적인 것은 때로 성장에 도움이 되기도 하지만, 그것이 지금처럼 내 마음에 빼곡하게 둘러 있으면 나의 잠재력을 발휘하지 못하게 막는 가장 큰 요인이 되니까요.

🖋️ 어떻게 연습할 수 있을까요?

💬 만일 자신에 대해 비판적인 생각이 든다면 그것을 따뜻한 언어로 변화시키면 좋을 것 같아요. 그 방법은 아주 간단한데, 자신에게 하는 말을 '왜?'에서 '얼마나'로 변화시키는 거예요. 예를 들어 업무 중에 실수를 했을 때 '내가 왜 실수했을까?'라는 생각이 든다면 그 말을 '내가 그때 얼마나 정신이 없었으면

실수를 했을까?'로 바꾸는 거죠. 만일 '나는 왜 이렇게 쓸모없을까?'라는 생각이 떠오른다면 '얼마나 적응하는 데 어려우면 공황 증상이 나타날까?'라고 바꿔 말할 수 있어요.

제 자신에게 하는 말을 바꾸는 것만으로도 변화를 만들 수 있다니, 생각보다 간단한 방법이네요! 이제 조금 힘이 나는 것 같아요.

'왜'라는 말에는 자신에 대한 판단과 평가가 담겨 있어 마음을 더 차갑고 좁게 만들지만, '얼마나'라는 말은 이해와 공감을 담고 있어서 마음의 공간을 더욱 따뜻하고 여유롭게 만들 거예요. 내 마음의 공간에 조금의 여유가 생긴다면 창문을 활짝 열 힘이 생기고 마음도 서서히 회복되지 않을까 싶어요. 그러면 일, 회사, 인간관계에서도 조금 더 자신감이 생길 거라고 믿습니다.

내 안에 있는
잠재력을 끌어내는 방법

인간이라면 누구나 스스로의 능력에 대해 생각하고 판단한다.

'나는 운동을 잘해.'

'나는 공부를 못해.'

스스로 잘한다고 평가를 내리면 자신감이 생기고, 못한다고 생각하면 더 발전하기 위해 노력하는 계기가 된다. 이렇듯 자신의 면모에 대해 평가하고 판단하는 것은 우리에게 필요한 과정이다. 하지만 이 판단과 평가가 우리 안의 잠재력을 발현하지 못하게 막는 주된 원인이 되기도 한다. 특히 우리는 스스로의 부족한 부분을 평가할 때 크게 두 가지 유형으로 나뉜다.

첫 번째, '나는 이 부분이 아직 부족해. 하지만 노력하면 충분히 발전할 수 있을 거라고 믿어'와 같이 앞으로의 발전 가능성을 열어두는 유형이다. 두 번째로는 '나는 이 부분이 부족해. 내 한계고 이렇게 타고난 것이라 어쩔 수 없어'와 같이 성장 가능성마저 닫아버리는 유형이다. 전자는 지금 자신의 부족한 점과 앞으로의 발전 가능성을 분리해서 평가하지만, 후자는 자신의 부족한 점의 원인을 타고난 한계로 연결시켜 버린다. 바로 이 두 번째 생각 습관과 태도가 당신이 잠재력을 발현하지 못하는 주된 원인이 될 수 있다.

인간의 능력이라는 것은 고정된 속성이 아니다. 자신에게 있는 능력을 얼마나 잘 발휘할 수 있는 환경이 구성되어 있는지, 컨디션은 어떠한지, 잠재력을 끌어올리는 훈련을 얼마나 했는지, 그 훈련을 어떻게 했는지, 누구에게 영향을 받았는지, 그 능력에 대해 스스로 어떤 동기와 필요성을 지니고 있는지 등 수없이 많은 요소가 우리 능력과 잠재력 실현 가능성에 영향을 준다.

한치 앞의 일도 예상하지 못하는 인간으로서 이렇게 복잡한 요소를 종합해서 정확히 예상하고 판단하는 일은 매우 힘들다. 그래서 '나는 이 부분에 대해서 잠재력이 없어. 난 못해'와 같이 스스로에게 강한 확신을 가지고 내린 평가들이 사실 정확한 판단이 아닐 수도 있다는 점을 생각해볼 필요가 있다. 단지 그 순간 느껴진 부정적인 감정 때문에 순간적으로 내린 비이성적인 판단일 수도 있고, 시간이 충분하지 못해서 능력을 끌어내지 못한 것일 수도 있는데 몇 가지 요소만 고려하고 우리는 섣부른 최종 판단을 내린다.

'그냥 말과 생각일 뿐인데 뭐 어때? 이게 잠재력 발현을 막는다는 건 조금 과장 같은데?'라고 생각할 수도 있다. 하지만 생각을 반복하다 보면 곧 습관이 되고, 습관은 성격이 된다. 스스로에게 '난 못해' '불가능이야' '난 그렇게 타고났어'라고 반복해 상기하다 보면 우리의 무의식은 이 말을 귀담아듣고 그 한계를 기억한다. 그리고 한계를 뛰어넘기 위한 노력, 심지어 그 한계를 뛰어넘는 것에 대한 상상조차 하지 않고 자신의 능력을 발전시킬 기회와 혹시 있을지도 모를 가능성도 스스로 닫아버리게 된다. 우리가 만든 '가상의 한계'가 정말 '실체가 있는 한계'로 실현되는 것이다.

이 패턴을 이해하고 아는 것만으로도 자신이 스스로 생각해오던 한계치에 대해 다시 한 번 생각해볼 수 있고, 추후 자신의 한계에 대해 평가할 때도 섣부르게 판단하지 않을 수 있다. 이런 것 하나하나가 사소하다고 생각할지도 모르지만 우리의 잠재력 발현에, 더 나아가 인생의 질과 직결되는 매우 중요한 부분이다.

이쯤에서 '나의 정말 현실적인 능력과 한계를 어떻게 판단할 수 있을까?'라는 의문을 가질 수 있다. 자신에 대해서 객관적으로 이해하는 것이 꼭 필요한 순간이 있기 때문이다. 그때는 앞서 언급한 것처럼, '지금은 이 부분이 부족한 건 맞아'라고 있는 그대로 받아들이는 것까지는 좋지만 '앞으로도 난 못하겠지. 난 타고나지 못했으니까.'와 같이 미래의 가능성마저 닫아버리는 식의 섣부른 판단은 하지 않는 것이 좋다.

스스로가 자꾸 초라하고 쓸모없는 존재로만 느껴진다면, 현재(지금 보이는 자신의 능력)와 미래(앞으로 발현될 수 있는 잠재력)를 구분해서 보는 것이 필요하다. 또한 앞서 설명했듯이, 잠재력을 결정짓는 수많은 요소들을 전부 예측하고 정확히 판단하는 것은 사실 불가능에 가깝다. 그래서 어쩌면 우리는 스스로의 한계를 생각할 필요조차 없을지도 모른다.

어차피 정확하지 않은 자신의 한계를
생각하는 데 시간을 허비할 바에는,
'어떻게 하면 내 잠재력을 더 끌어낼 수 있을까'를
고민하는 것이 훨씬 도움이 된다.

당신의 잠재력과 한계는
그 누구도 쉽게 판단할 수 없다.
또한 당신을 쉽게 판단하는 자가
당신 자신이 되어서도 안 됨을 기억하자.

어린 시절로 돌아가 상처를 치유하는 자존감 여행

> **사용법** 조용한 공간에서 편안한 복장과 자세를 취하고, 마음을 가다듬습니다. QR코드 오디오를 들으면서 머릿속에 떠오르는 이미지를 자연스럽게 따라갑니다. 텍스트로만 참여한다면 한 문장씩 천천히 읽으며 장면을 떠올립니다.

우리는 성장 과정에서 알게 모르게 마음에 크고 작은 상처를 받습니다. 마음의 상처가 주변 사람들의 따뜻한 위로와 사랑으로 치유되면 다행이지만, 때로 그 상처는 위로받지 못한 채 미해결된 과제로 남아 우리의 자존감에 큰 영향을 줍니다.

그래서 명상을 통해 어릴 적 자신을 만나러 여행을 떠나고자 합니다. 비록 다른 사람들이 나의 상처를 보듬어주진 못했지만, 지금의 내가 어린 나를 찾아가 따뜻한 위로와 사랑을 보내줄 수 있습니다. 사용법을 읽으셨다면, 이제 저의 안내를 따라 상상 여행에 참여해주세요.

편안한 자세로 앉거나 눕습니다.

만일 지금 눈을 뜨고 있다면, 이제 눈을 감아주세요.

지금 입고 있는 옷의 감촉을 느껴봅니다.

지금 들리는 소리에 귀를 기울여봅니다.

이제 심호흡을 몇 차례 하겠습니다.

코로 숨을 깊게 들이쉬고 다시 코로 내쉽니다.

한 번 더 깊게 들이쉬고, 내쉽니다.

또 깊게 들이쉬고, 내쉽니다.

계속해서 심호흡을 지속합니다.

호흡을 하는 동안 속으로 자신에게 말합니다.

"나는 지금 편안하다."

호흡을 반복할수록 몸과 마음은 편안한 상태로 들어갑니다.

다시 한 번 속으로 자신에게 말합니다.

"나는 지금 편안하다."

지금 어떤 느낌이 들든, 당신에게 가장 좋은 상태입니다.

Travel

이제 당신은 어린 시절의 어떤 기억으로
되돌아갈 준비가 되었습니다.

고등학교 시절을 떠올립니다. 학교와 운동장, 등굣길의 풍경.

중학교 시절을 떠올립니다. 친구들, 선생님.

초등학교 시절을 떠올립니다.
학교 운동장, 등굣길, 그 시절 마을의 풍경.

이제 당신 앞에 문이 하나 있습니다.
그 문을 열고 집으로 들어갑니다.
집에 들어서니 왠지 모르게
편안하고 정다운 공기가 느껴집니다.

신발을 벗고 주변을 둘러봅니다.

아주 익숙한 모습의 방이 눈에 들어옵니다.

그리고 당신이 주로 머물렀던 공간이 눈에 들어옵니다.

당신은 그 공간으로 들어갑니다.

그 공간에는 초등학생 시절의 당신인 꼬마 아이가

구석에서 웅크리고 있습니다.

당신은 잠시 주변을 둘러봅니다.

당신이 어릴 적 살았던 공간의 풍경이 눈에 들어옵니다.

그때 아이는 고개를 들어 당신을 쳐다봅니다.

놀라거나 무서워하지는 않습니다.

그저 당신을 알고 있다는 듯이 바라보고 있습니다.

아이의 눈은 슬픔에 가득 차 있습니다.

아이는 당신을 보며 반가운 듯 작은 미소를 짓습니다.

당신은 아이에게 다가갑니다.

그리고 그 아이를 안아줍니다.

아이의 따뜻한 체온이 당신에게 느껴집니다.

당신은 아이에게 말합니다.

"많이 힘들었지? 외롭고, 무섭고."

"그동안 혼자서 얼마나 많이 힘들었을까."

자, 지금부터 당신이 살아오며

부모님이나 주변 사람들에게서

듣고 싶었던 말을 아이에게 건넵니다.

"너는 지금 느끼지 못하더라도,

너희 부모님은 항상 너를 응원하고 있어.

걱정 마. 내가 항상 너희 편에서 너를 지켜줄 거야.

남들과 비교하는 건 의미 없는 일이야.

너는 충분히 잘하고 있어.

네가 없으면 가족들, 친구들이 얼마나 슬퍼할까?

너는 정말 소중한 존재야.

널 힘들게 하는 것이 무엇인지,

누가 너를 힘들게 하는지 나는 다 알고 있어.

네가 왜 힘들어하는지 나는 충분히 이해해."

이 말 외에도 당신이 평소 듣고 싶은 말을 생각한 뒤

아이에게 건넵니다.

아이는 당신의 말을 듣고 눈물을 흘립니다.

당신에게 고맙다는 말을 합니다.

당신은 아이를 조용히 껴안아줍니다.

아이의 따뜻한 체온이 느껴집니다.

당신은 아이의 뒷머리를 부드럽게 쓰다듬어줍니다.

아이는 당신을 보고 자주 와서 자신을 위로해달라고 말합니다.

당신은 그러겠다고 약속합니다.

당신은 어린 시절의 당신을 안고 위로했습니다.

그 아이는 사람들에게 사랑받을 것이며,

이제 다시는 혼자 있지 않을 것입니다.

당신은 이제 자리에서 일어나 그 방을 걸어 나옵니다.

복도를 지나 처음 들어왔던 문으로 다시 나갑니다.

문을 여니 눈부시게 환한 빛이 당신을 감쌉니다.

Closing up

이제 당신은 상상에서 지금 이 순간으로 돌아옵니다.

현재 당신이 쉬고 있는 호흡을 느껴봅니다.

제가 셋을 세면 눈을 뜹니다.

하나, 상상여행을 마무리할 준비를 합니다.

둘, 눈을 뜨면 당신의 마음에 따뜻한 온기가 흘러넘칩니다.

셋, 눈을 뜹니다.

이제 노트를 꺼내어 어린 시절의 당신에게 미처 하지 못했던 말, 더 해주고 싶은 말을 자유롭게 적어보세요. 만일 다 적었다면 그것을 소리 내어 읽어보세요.

걱정과 스트레스를 잠재우는 플랫폼 상상법

> **사용법** 걱정, 불안, 부정적인 생각에서 벗어나는 상상법입니다. 이 상상법은 언제, 어디서나 잠깐 시간을 내어 참여하실 수 있습니다. 오디오나 텍스트에 따라 머릿속에 이미지를 그려주세요.

『최고의 휴식』(구가야 아키라, 알에이치코리아, 2017)에서는 잡념이나 걱정, 불안, 스트레스 등으로 머리가 복잡해진 상태를 '몽키 마인드'라고 칭합니다. 마치 원숭이들이 머릿속에서 시끄럽게 날뛰는 것 같은 상태를 표현한 말이죠. 몽키 마인드를 겪으면 부정적인 생각이 꼬리에 꼬리를 물고 더욱 확장되어서 몸의 기운은 물론 감정까지도 모두 소모됩니다.

이번 시간에는 몽키 마인드에서 벗어나는 데 효과적인 상상법을 소개하고자 합니다. 머릿속 원숭이들을 하나씩 떠올리면서 오디오를 들어주세요.

당신은 지금 지하철 플랫폼에 서 있습니다.

지금 그곳으로 열차가 한 대 들어옵니다.

그 열차 안에 타고 있는 건

원숭이 승객들입니다.

열차가 잠시 플랫폼에 정차하는 동안

그 플랫폼은 엄청 시끄러워집니다.

하지만 당신은 그 열차를 타지 않습니다.

그저 플랫폼에 서서

그 열차를 바라보고 있습니다.

잠시 후 열차는 떠나고

원숭이들의 시끄러운 소리는

점점 희미해집니다.

이제 플랫폼에 울리던 소음은

완전히 사라지고

주위는 아주 조용해집니다.

방금 상상한 플랫폼은 당신의 마음과 같습니다. 때때로 머릿속에 걱정이나 잡념이 찾아와서 우리 마음을 아주 시끄럽게 하지만, 당신이 잡념의 열차를 타지 않는 이상 곧 걱정과 잡념은 떠나가고 머릿속은 조용해질 것입니다.

　　일상을 살다가 불현듯 걱정이나 잡념이 찾아올 때 방금 우리가 상상했던 것처럼 지하철 플랫폼을 한번 떠올려보세요. 그리고 잡념과 걱정을 내 마음속에 잠시 지나가는 열차로 생각해보세요. 분명한 사실은 당신이 그 열차를 타지 않는 이상, 곧 걱정과 잡념은 머릿속에서 사라질 것입니다.

지친 마음에 아무것도 할 수 없고
아무것도 하기 싫은 그 순간,
나에게 필요한 건 한 줌의 위로이지 않을까.

위로는 어느 유명인의 거창한 명언이나
지식이 많은 이의 현실적인 조언이 아닌,
같은 마음을 느끼는 누군가가
자신의 아픔에 따뜻하게 공감해주는 것이다.

각자의 아픔을 안고 살아가는 우리는
각자 다른 길을 걷는 것처럼 느껴지지만,
사실은 같은 길을 함께 걸어가고 있다.

2장

오늘도 사랑하고
싫어하고 사랑하고

사람이 아픈 날의 위로

회사에서 혼날 때마다
주눅 들고 괴로워요

나를 비난하는 말에는
동의하고 의미 부여하지 말 것.

#회사생활 #소심한직장인 #멘탈관리

저는 엄청 소심한 사람입니다. 사람들 앞에서 제 주장을 잘 말하지도 못하고요. 남들한테 쉽게 끌려다녀요. 그래서 그런지 인간관계를 맺고 유지하는 것이 너무 힘듭니다. 매번 다른 사람들의 말 한마디, 눈빛 하나하나에 마음이 휘둘리고요. 상대방의 반응이 조금만 안 좋아도 '혹시 내가 잘못했나?' 하는 생각에 불안해져요.

이런 성격 때문인지 회사 생활이 너무 어려워요. 지금 다니고 있는 회사는 직원들 사이에서 은근히 무시하고 따돌리는 분위기가 있어요. 보이지 않는 기 싸움도 많고요. 특히 처음 들어온 직원들에게 눈치를 주거나 기를 심하게 누를 때가 많아요. 물론 어느 직장이든 그런 게 조금씩은 있겠지만, 제가 예민해서 그런지 몰라도 이런 분위기에 적응하기가 너무 어렵네요.

회사 생활이 정말 쉽지 않으시겠어요. 혹시 지금 다니는 회사에서 일하신 지는 얼마나 되셨나요?

이제 일을 시작한 지 1년 반 정도 됐어요. 남들은 이 정도 일하면 잘 적응하는 것 같던데, 저는 아직 일도 잘 못하고 친한 사람도 하나 없어요. 정말 하루하루를 마음 졸이면서 억지로 버티고 있습니다.

입사 초에는 지금보다 더 심하게 긴장을 많이 해서 실수가 많았는데요. 저희 회사는 실수를 용납하지 않는 분위기라 지적을 많이 받았지요. 일 좀 똑바로 해라, 왜 이렇게 못하냐, 남들보다 왜 이렇게 느리냐…. 이런 말을 거의 매일같이 들으니까 자존감이 바닥을 치더라고요.

퇴근 후에 집에 돌아오면 참았던 눈물이 터져 나와서 혼자 엉엉 울었어요. 그리고 아침이 되면 다시는 실수하지 않겠다는 다짐을 하며 회사에 갔죠. 죽을힘을 다해 노력해봤지만, 나중에는 그런 제 자신이 정말 밉더라고요. 나만 문제가 있는 사람인가 싶고, 시간이 지날수록 점점 더 회사 생활에 자신이 없어지고 자책만 늘어난 것 같아요.

특히 처음 적응하는 시기에 그런 날카로운 말들은 마음에 더욱 깊이 박혔을 텐데…. 정말 많이 힘드셨겠어요.

매일 혼나다 보니 주변에서 점점 저를 부정적으로 보더라고요. '일 못하는 사람'으로 찍힌 것 같은 기분이라고 해야 하나. 저도 제 모습이 부끄러워 직장 내에서 남들과 친해지는 게 두려워졌어요. 심지어 누군가 저를 보기만 해도 마치 잘못이 들통난 것처럼 겁나고 무섭더라고요. 회피하려고 한동안 바닥만 보고 다닌 적도 있어요.

혹시나 누가 나를 또 지적하지 않을까, 안 좋게 보지 않을까 정말 많이 두려우셨을 테니까요. 이런 마음을 주변 사람들에게 이야기해본 적 있으신가요?

부모님께 말씀드렸는데, 처음에는 다 그런 거라고 말씀하시더라고요. 실수하고 혼나는 과정을 통해 성장하니까 너무 심각하게 받아들이지 말라고 하시면서요. 사실 저도 머리로는 다 알고 있어요. '처음이니까 적응 못하는 건 당연한 거다' '심각하게 받아들이지 말자' '다음번에 더 잘하면 돼' 이렇게 생각하면서 어떻게든 마음을 다잡으려고 하는데, 누군가에게 부정적인 말을 듣는 순간 이 모든 게 한꺼번에 무너지는 기분이에요.
이렇게 약한 제 자신이 너무 답답하고 한심합니다. 저는 왜 이런 말들을 흘려보내지도 못하고 계속 담아두고 있는지…. 제 성격에 문제가 있는 걸까요? 제가 왜 이렇게 다른 사람들의 말을 심각하게 받아들이고, 또 쉽게 상처를 받는지 모르겠어요.

💬 "너는 왜 그래?" "넌 왜 그렇게 느려?"와 같이 상대방의 행동이 아니라 상대방 자체에 대해 지적하는 말은 그 사람의 마음을 정말 아프게 하는 것 같아요. 실수를 지적하거나 다시 실수하지 않도록 가르치는 말은 성장과 발전에 도움이 되지만, 존재를 겨냥한 지적이나 비난은 그 사람의 마음을 그저 무참히 찌르는 일과 같으니까요. 누군가 날카로운 말로 나의 마음을 찌를 때 어떻게 마음이 아프지 않고, 상처받지 않을 수가 있을까요.

✒️ 생각해보니 정말 그 사람들은 저의 발전을 위해서라기보다 저 자체가 마음에 들지 않아서 상처 되는 말들을 쏟아낸 것 같아요. 그런 말을 들을 때 도움이 되기는커녕 마음이 더 약해지고 일이 더 손에 안 잡히더라고요.

💬 속상하게도 타인의 존재에 대해 지적을 하는 사람들 중에서는 자신의 말이 상대방을 더 발전시킨다고 착각하는 경우도

굉장히 많이 있어요. 마음을 헤집는 말을 뱉어놓고는 그 말에 상처를 입고 더욱 힘들어하는 사람들에게 오히려 "아직도 정신 못 차렸냐" "왜 발전이 없냐" 이렇게 말하면서 더 큰 상처를 주기도 하거든요.

딱 제 주위의 사람들이 그랬어요. 주눅 들어서 실수가 더 많아졌을 때 그들은 지난번에 지적했던 실수를 왜 또 반복하냐고, 왜 갈수록 일을 더 못하냐고 저를 다그치더라고요. 그러니 일에 대한 두려움은 점점 커지고….

더욱 마음이 아픈 것은, 존재를 지적하는 말들을 계속해서 들을 때 그 말들이 서서히 내 안에 스며든다는 사실이에요. 주변 사람들한테 "너는 왜 그래?"라는 말을 반복해서 듣다 보면 어느새 나도 모르게 '도대체 나는 왜 이럴까?'라고 자책하는 자신을 발견할 때가 있어요. 누구나 실수할 수 있는데 나만 문제가 있는 사람처럼 느껴지기도 하고요. 누구나 가시 박힌 말에 상처를 입고 아파할 수도 있는데 나만 유난히 약한 사람처럼 느껴지기도 하니까요.

우리의 자연스러운 모습들, 때로 실수도 하고 상처도 받고 좌절

95

도 하는 그런 모습들이 문제로 보이기 시작할 때부터 우리의 마음은 급격하게 방황하고 혼란스러워지기 시작하죠.

정말 언제부터인가 제 모습이나 성격에 문제가 있다고 생각하게 됐어요. '나는 왜 이렇게 남들에게 휘둘릴까?' '난 왜 이렇게 소심할까?' 이런 생각들을 계속 하면서 늘 자책만 했거든요. 그 사람들의 말들이 저도 모르는 사이에 제 안에 스며들었나 봐요. 어떻게 보면 저에게 상처를 준 것은 상대방인데 저는 오히려 자신을 탓하고 있었네요.

사람의 말은 마치 물건과 같아서, 내가 상대방의 말을 받지 않으면 상대방에게 그대로 남게 돼요. 그래서 나를 발전시키고 성장시키는 '비판'은 감사한 마음으로 받아들이면 되지만, 나의 존재를 지적하는 '비난'은 적극적으로 거부할 필요가 있어요. 비난을 계속 받아들이다 보면 나도 모르게 그 비난에 동의하게 되고, 그것이 자책, 자기 비난으로까지 이어질 수 있으니까요. 대신 비난을 거부하면 그 비난은 상대방에게 그대로 남게 되니까, 그 사람은 자신을 비난한 격이 된다고 생각해보세요.

살아가다 보면 어디서나 나의 가치를 끌어내리는 사람을 꼭 만나게 되죠. 그때마다 적극적으로 나 자신을 지켜낼 필요가 있어요. 그러지 않으면 어느새 그 사람에게 휘둘리는 자신을 보게 되니까요. 그렇기에 누군가 나의 존재를 겨냥한 비난을 한다면 '당신의 말에 동의하지 않습니다' '당신의 말을 거부합니다'라는 의사를 명확하게 표현할 필요가 있어요. 상대방에게 직접 말하기 어려운 상황이라면 마음속으로 이 메시지를 되뇌면서 자신이 혼란을 겪지 않도록 할 필요가 있죠.

🖊 지금까지 제 자신을 전혀 지키지 못했네요. 말씀을 듣고 나니 이제 저를 비난하는 사람을 대할 때 어떤 마음을 먹어야 할지 조금은 알 것 같아요.

💬 그리고 나에게 중요한 것이 무엇인지 다시 생각해야 해요. 나에게 중요한 것은 분명 타인의 말이나 시선, 평가가 아니라 내 마음에서 흘러나오는 소리일 테니까요. 내 마음에서 흘러나오는 나의 의견, 나의 감정, 나의 생각을 결코 부끄러워하지 말고 나쁜 것으로도 평가하지 마세요. 내 마음의 소리를 존중하고 소중히 여기면 좋겠습니다.

아픈 건 당연한 거야,
내가 잘못된 게 아니야

인생을 살다 보면 크고 작은 상처를 경험하게 되는데 그중에서 가장 높은 비중을 차지하는 상처는 바로 인간관계에서 타인에게 받는 상처이다. 그래서 우리는 남에게 상처받지 않고 살아가는 사람들을 보면 부러워하며, 자신 또한 그런 사람이 되고 싶어 한다. 나 또한 마찬가지였다. 나는 당연히 남의 행동이나 말에 상처받지 않기 위해 애썼다. 내가 가장 먼저 했던 행동은 바로, 남에게 이미 상처 받아버린 나의 모습을 부정하는 일이었다. "저 사람의 말에 별로 신경 쓰지 않아" "괜찮아"라고 말했지만, 나의 마음은 전혀 괜찮지 않았다. 누군가에게 받은 상처를 무시하고 부정해도, 그 아품이 마법처럼 사라지는 일은 없었다. 더 큰 문제는 오히려 나의 상처를 부정하면 할수록, 새로운 의문들이 펼쳐졌다는 것이다.

"왜 쓸데없는 것에 자꾸만 내 감정을 소비하는 거지?"

"남들은 이런 거에 신경 쓰지도 않을 텐데."

"내 멘탈 진짜 왜 이래?"

이러한 의문들은 스스로에게 또 다른 부정적인 평가를 하게 만들면서 새로운 감정소모를 불러 일으켰다. 남에게 받았던 상처에 추가로, 스스로 더 흠집을 내고 있었던 것이다. 물론 처음에는 상처를 잊기 위해서 그랬던 것이지만, 결과적으로 길을 더 헤매는 나를 보며 이 방법이 뭔가 잘못되었다는 생각을 했다.

사실 남에게 상처 안 받는 사람은 없다. 누가 때리면 상처가 생기고 아픈 게 정상이다. 마음에 생기는 상처도 마찬가지다. 마음의 상처는 예고 없이 찾아온다. 대부분 마음의 준비도 되어 있지 않은 상황에, 예측하지 못했던 기습공격을 당한다. 기습공격을 당하면 일단은 아플 수밖에 없다. 나 역시 너무나도 당연한 현상을 부정해왔던 것이다.

그래서 나는 남에게 받은 상처에 대처하는 태도를 바꾸기 시작했다. 일단, 1차적인 상처와 2차적인 상처를 구분했다. 1차적인 상처는 남에 의해 즉각적으로 생긴 초기의 상처다. 당연히 아플 수밖에 없는 상처고, 이것을 부정하지 말아야 한다. 이 상처를 부정하면서 생기는 상처가 바로 2차적인 상처다. 2차적인 상처는 1차적인 상처를 더욱 지속시키고 키워주는 역할을 한다.

앞서 말했듯이, 1차적인 상처는 당연히 아픈 것이기 때문에 부정해봤자 큰 효과가 없다. 부정해도 사라지지 않는 상처를 보며 우리는 스스로 좌절과 부조화를 느끼게 되고, 스스로에 대한 의문을 가지고 그 의문은 높은 확률로 자신을 부정하는 답으로 이어진다.

"난 아무렇지 않아…. 난 괜찮아…."

"왜 신경을 끄려 해도 잘 안 되는 거지?"

"상처받으면 안 되는데…. 내 멘탈이 약한가? 나는 왜 이렇게 무력하지?"

2차적인 상처를 발생시키는 또 다른 원인이 있다. 바로 나에게 상처를 주었던 상대방의 그 말에 동의하기 때문이다.

"그래. 그 사람 말이 맞아, 내가 문제야."

특히 1차적인 상처를 부정하면서 스스로에게 비판을 가

하고 있는 상황에서는 감정적으로 당연히 좋지 않기 때문에, 판단력이 흐려져 감정에 휩쓸려 상대방의 말에 쉽게 동의할 수 있다.

상처에 동의한다는 것은
상대방이 나에게 꽂은 칼을
그대로 둔 채 살아가기로
결정한다는 것을 의미한다.
그럼 그 칼은 계속해서
2차적인 상처를 만들어낼 것이다.

반면, 1차적인 상처를 받아들여 자신을 향한 부정적인 생각이 덜한 상황에서는 훨씬 더 이성적으로 판단할 수 있다. 따라서 상대방의 말을 객관적으로 바라볼 수 있게 되고 그만큼 진실이 없고 의미 없는 말들에는 동의하지 않게 될 확률이 높아진다. 누군가가 꽂은 칼이 자신에게 필요 없으면 뽑아버려야 한다.

이처럼 1차적인 상처는 어쩔 수 없지만, 2차적인 상처는 상처받은 자신을 바라보는 태도에 따라, 충분히 사전에 예방이 가능하다. 그런 점에서 1차적인 상처와 2차적인 상처를 잘 구분하고 접근하는 것이 필요하다. 남에게 받은 상처를 보다 빠르게 회복하고 싶다면 스스로에게 이렇게 말해주자.

"괜찮아.
이렇게 아픈 건 당연한 거야.
내가 잘못된 게 아니야."

이렇게 내 마음을 돌보면서 1차적인 상처를 받아들이는 과정을 거칠 것. 그러고 나면 1차적 상처를 겪은 자신을 외면하고 부정하는 것보다 훨씬 감정적으로 가라앉을 텐데, 그때는 보다 객관적인 마음을 유지할 수 있을 터이니 타인의 말을 한번 차분하게 짚어보는 것이다. 이때 아무리 생각해봐도 타인의 말이 맞지 않고 나 자신의 발전에도 전혀 해당되지 않는 말이라는 생각이 든다면, 괜히 그 말에 동의하거나 의미 부여하지 말자. 그럼 당신은 최소한의 1차적 상처만 입는 것에서 그치고 2차적 상처로부터 자유로워질 수 있을 것이다.

또한 당신이 만일 상처를 준 상대방에 대한 분노만을 표출하고 있다면, 그 일을 잠시 멈추고 시선을 나에게로 돌려 내

안의 상처를 먼저 알아주고 공감해주자.

> '내 마음의 상처가 얼마나 많이 아플까.'
> '내 마음이 얼마나 놀라고 속상했을까.'

누군가에 의해 신체에 상처를 입었을 때 상대방에게 화가 나는 것은 자연스러운 일이지만, 우선 상처 부위를 치료하는 것이 더 큰 고통을 막기 위해 중요하다. 마찬가지로 마음에 상처를 입었을 때 상대방에 대한 분노에 온 신경이 몰리는 경우 마음의 상처가 치유되는 중요한 시기를 지나치게 될 수 있기에, 분노에 사로잡혀 자신을 돌보는 일을 결코 잊어서는 안 된다.

현명하게 남의 부탁을
거절하는 방법

우리는 사람들과 관계를 맺으면서, 누군가에게 부탁받는 일을 피할 수 없다. 문제는 이 부탁이 때로는 내키지 않을 수 있고, 이 내키지 않는 부탁을 억지로 들어주면서 스스로 힘들어지기도 한다는 것이다.

서로를 배려하고 돕고자 하는 마음으로 부탁도 들어주는 것은 원만한 인간관계를 위해서 어느 정도는 필요하다. 하지만 균형이 무너지고, 많은 사람들에게 무조건 배려하고자 하는 마음으로 무분별하게 힘든 부탁을 들어주다 보면 '내가 왜 이런 부탁을 들어줬지?' '한 번 들어주기 시작하면 계속 부탁할 텐데…' '내가 만만해 보이나?'와 같은 부정적인 생각이 자신을 갉아먹을 수 있다. 결과적으로 타인에 대한 배려만 있고, 자신에 대한 배려는 완전히 사라지는 것이다.

> 들어주고 싶지 않은 부탁을
> 분명하게 거절하지 못하고
> 자신을 소외시켜선 안 된다.
> 부탁을 거절하는 것에 있어서
> '나'에게 선택의 자유가 있어야 한다.

그렇다면 부탁을 받았을 때 현명하게 거절할 수 있는 방법이 무엇일까? 거절하는 방법을 이해하려면 우선, 부탁을 거절하기 힘든 순간을 직면했을 때 드는 스스로의 마음속 생각을 들여다볼 필요가 있다.

'거절했는데 기분 나빠하면 어떻게 하지?'

'나를 쪼잔한 사람이라고 생각하면 어떻게 하지?'

'내가 쟤를 싫어해서 부탁을 거절하는 거라고 오해하면 어떻게 하지?'

우리가 거절에 어려움을 겪는 이유는 타인의 입장을 고려하기 때문이다. 그래서 만약 타인의 기분을 덜 상하게 거절하는 방법을 안다면 우리는 부담스럽지 않게, 보다 여유롭게 거절 의사를 전달할 수 있다.

그 방법은 바로 거절하는 말의 전과 후에 긍정적인 말을 포함시키는 것이다. 예를 들어, 당신이 그다지 끌리지 않는 공연을 친구가 같이 보러 가자고 부탁할 때 친구에게 아래와 같이 말해보자.

"나도 너랑 같이 놀러가는 게 좋은데 (긍정)
그 공연은 내가 전혀 관심이 없는 장르야. (거절)
다음에 다른 공연이 있으면 꼭 같이 관람하러 가자.
물어봐줘서 고마워. (긍정)"

긍정적인 말을 추가할 때, 거짓말을 할 필요는 없다. 그 상황에 맞는 호의적인 말이면 충분하다. 진정성이 담긴 긍정적인 말을 앞뒤에 모두 섞어주면, 먼저 들은 말과 나중에 들은 말을 더 집중해서 듣고 잘 기억하는 경향이 있기 때문에 긍정적인 말을 더욱 부각시키는 효과도 얻을 수 있다.

또한 이런 방법은 권유나 부탁한 입장에서도 덜 기분 나쁘게 받아들일 수 있고, 거절을 하는 입장에서도 상대방이 잘

못 오해하는 것에 대한 불안을 낮출 수 있다. 꼭 부탁을 들어주는 것만이 배려가 아니다. 거절을 할 때도 이런 식으로 타인에 대한 배려를 담을 수 있다.

만약 누군가의 부탁을 들어주기 힘들다면 '긍정-거절-긍정'의 법칙을 떠올리자. 당신은 이전보다 한층 더 여유롭게 거절할 수 있고, 이를 통해 더욱 자신을 지킬 수 있을 것이다.

무례한 사람들과
거리를 두고 싶어요

당신을 아프게 하는 말들은
과감히 자르고, 버리세요.
너무 애쓰지 말아요.

#인간관계 #무례한사람과는 #적당한선긋기

대학교 때 만나서 지금까지 가깝게 지내온 친구가 한 명 있는데요. 요즘 많이 힘들고 우울한지 저에게 고민 상담을 요청하는 일이 잦아졌어요. 친구가 최근에 직장에서 한 프로젝트에 참여하게 됐는데 처음으로 팀장을 맡게 되어 굉장히 스트레스를 받고 있는 상황이에요. 성격 자체가 워낙 부드러워서 상사나 다른 사람들과 맞춰가는 일은 잘했었는데, 자기보다 아래에 있는 사람들을 이끌어야 할 때는 아무래도 카리스마, 리더십이 필요하니까 감정적으로 힘들어하는 것 같아요.

누군가의 마음을 공감하는 일이 결코 쉽지 않은데, 그럼에도 불구하고 친구를 위해 노력하고 계시는 모습이 참 대단한 것 같아요. 제가 조금이나마 도움을 드릴 수 있다면 좋겠네요. 친구분이 감정적으로 어떻게 힘드신지 상황을 구체적으로 들려주시겠어요?

친구는 최대한 팀원들의 입장을 배려하고 의견을 수렴하기 위해 애쓰는데, 팀원들은 그런 것을 알아주지도 않고 오히려 친구의 의견에 태클을 걸거나 불평할 때가 많다고 해요. 친구가 말하는 도중에 "그건 아닌 것 같아요"라고 하면서 무례하게 말을 끊기도 하고요. 그러니 프로젝트는 잘 진행될 리가 없고, 상사분들께도 안 좋은 소리를 듣는다고 하고요. 무엇보다 직장 후배들에게 그런 말을 들을 때 어쩐지 무시당하는 느낌이어서 기분이 굉장히 나쁘다고 하더라고요.

그런데 이 일이 단순히 스트레스 정도에 그치는 게 아니라 퇴근 후나 주말에도 계속 생각이 나고, 심지어 회사를 그만두고 싶을 정도로 자기를 괴롭힌다고 해요. 지금까지 회사 생활에서 칭찬도 많이 받고 스스로도 만족하면서 잘 지내왔는데, 이 일을 겪으면서 자신감도 떨어지고 지금 상황을 잘 극복하지 못하는 자기 자신이 원망스럽다고 하고요. 자기는 팀장 역할을 감당하지 못하는 사람인 것 같다고, 너무 착해 빠져서 후배들이 자기를 만만하게 보는 것 같다고 말해요. 이 말을 들을 때 친구가 자존감이 많이 낮아진 게 느껴져서 저도 마음이 너무 아프더라고요.

친구분이 심적으로 얼마나 괴로울까요…. 직장 내에서 후배들과 겪는 갈등은 자존감과도 연결되는 문제니까 우리를 더 많이 힘들게 하는 것 같아요. 특히 성격이 부드럽고 배려심이 많은 사람이 직설적이고 자기 주관이 뚜렷한 후배를 만날 때 스트레스를 굉장히 많이 받거든요.

🖋 맞아요. 사실 저도 친구와 비슷한 성격이라, 제가 그 상황이었어도 엄청 힘들었을 것 같아요. 그래서 친구의 마음이 정말 이해는 되는데, 제가 어떻게 도와주어야 할지 모르겠어요. 만약 상담사님이었다면 친구한테 어떤 조언을 해주셨을 것 같나요?

💬 우선, 이야기를 들어보니 친구분이 이 일로 인해서 마음속에 스스로에 대한 회의감이 생겨난 게 조금 느껴지는 것 같아요. 친구분의 배려심 많은 성격이 지금 팀원들을 이끌어야 하는 상황에서는 오히려 독이 되고 있고, 이것으로 인해서 업무에 대한 자신감도 떨어지고 있기 때문에 '혹시 내 성격에, 혹은 나 자신에게 문제가 있나?' 하는 의문이 생길 수 있습니다.
자신에 대한 회의감은 마음을 물로 비유했을 때 그 물이 흐르지 않고 고여 있는 상태에서 생겨나는 감정으로 볼 수 있어요. 좌절 경험이나 타인에게 부정적인 말을 듣는 것은 마음을 탁하게 하는 이물질이 내 안에 들어온 것과 같죠. 내 마음이 잘 흘러간 다면, 흐르는 물에 자정 기능이 있듯이 안 좋은 일을 겪더라도 금세 다시 회복할 수 있어요.

하지만 만일 내 마음이 고여 있다면, 즉 타인으로부터 고립된 채 오랫동안 혼자서 생각하고 고민한다면 시간이 지나면 지날수록 마음은 더욱 탁해져요. 생각과 감정은 부정적인 방향으로만 흘러가고, 결국 자신이 지금까지 잘못 살아온 것은 아닌가 하는 의문까지 생기죠.

마음속에 이런 회의감이 한번 자리 잡기 시작하면 스스로 이겨내기가 정말 쉽지 않아요. 어느 순간부터 나의 모든 모습이 고쳐야 할 문제처럼 느껴지고, 그 문제를 어디서부터 어떻게 해결해나가야 할지 모르는 혼란 상태에 빠지게 되거든요.

그렇기에 지금 친구분이 내담자님에게 고민 상담을 요청하는 모습 이면에는 자신의 마음을 흘려보낼 곳이 필요하다는 절실함이 깔려 있는 것 같아요. 감당하기 어려운 혼란스러운 상태에 빠져 있기 때문에 자신의 감정에 따뜻하게 공감해주고 자신이 잘못되지 않았다는 것을 확인시켜주는 그 누군가를 간절히 필요로 하지 않을까 싶어요.

🖊️ 정말 그런 것 같아요. 그럼 제가 어떻게 이야기를 들어주면 될까요?

💬 음, 친구분이 원래 고민을 잘 말하는 편이 아니라면 내담자님에게 마음을 털어놓을 때 혹시나 내담자님을 힘들게 하는 게 아닐까 걱정할 수 있어요. 그래서 우선 그런 걱정을 덜어주는 표현을 하면 친구분에게 정말 큰 힘이 될 것 같아요.
가령 친구가 "매번 힘든 말만 해서 너무 미안하다"며 미안하고 걱정스러운 마음을 드러냈을 때 "쉽지 않을 텐데 나에게 고민을 털어놔줘서 고마워. 언제든 힘들 때 다시 연락해도 괜찮아"라고 답한다면 친구분은 자신의 힘든 모습도 존중해주는 누군가가 있다는 사실에 심적으로 큰 힘을 얻고 마음을 더욱 잘 흘려보낼 수 있을 거예요.

🖊️ 제가 고민을 털어놓을 때 누군가가 그렇게 말해주면 정말 고마울 것 같아요.

💬 그다음으로, 섣부른 조언보다는 먼저 친구분의 말속에 담겨 있는 감정을 이해하고 그것에 공감하는 표현을 하면 그분의

혼란스러운 마음이 진정되는 데 도움을 줄 수 있어요.

가령 "내가 착해 빠져서 후배들이 나를 만만하게 보는가 봐"라고 하면서 혼란스러운 마음을 드러낸다면, "앞으로는 이렇게 해봐"라고 조언하기보다 "그 후배들이 너의 배려하는 마음을 조금이라도 알고 잘 협조해줬다면 좋았을 텐데, 오히려 이용하고 만만하게 본 거니까 나였어도 정말 속이 뒤집어졌을 것 같아"라고 공감의 표현을 하면 더 좋을 것 같아요. 혹은 "나는 팀장 역할을 감당하지 못하는 사람인 것 같아"라고 하면서 자신에 대한 회의감을 드러낸다면, "처음 겪어보는 상황인 데다가 일이 잘 진행되지 않아서 나였어도 자신감이 완전 바닥을 쳤을 것 같아"라고 말하면서 친구분의 감정을 이해하는 표현을 할 수 있을 것 같아요.

이렇게 말속에 담겨 있는 감정을 따뜻하게 알아주고 인정하고 공감한다면 상대방은 '이렇게 힘들어하는 게 잘못된 것이 아니었구나. 어쩌면 자연스러운 것일 수도 있겠다'라는 안도감이 들면서 마음도 안정되고 스스로 이겨낼 수 있는 힘도 얻게 될 거예요.

참 따뜻한 표현인 것 같아요. 말씀만 들어도 제 마음이 위로받는 기분이에요. 그러면 이렇게 친구 감정을 알아주고 공감해주기만 해도 괜찮을까요? 조언도 해주고 싶거든요.

💬 공감만 해주어도 고민을 털어놓는 사람의 마음이 다시 흐르기 시작하면서 지금 당면한 상황에서 어떻게 해야 좋을지 저절로 정리가 될 때가 많아요. 하지만 만일 그렇지 않고 여전히 갈피를 잡지 못한다면 조언도 어느 정도 필요하다고 생각해요. 다만 섣부른 조언은 오히려 독이 될 수 있으니 상대방이 요청했을 때 하는 것이 가장 좋습니다.

✒️ 그렇군요! 만약 친구가 조언을 요청한다면 어떤 이야기를 들려주는 것이 좋을까요? 무례한 사람을 상대하는 법에 대해서 알려주세요.

💬 크게 두 부분으로 나눠서 말씀해보세요. 후배를 상대할 때 어떤 마음가짐을 가질지, 그리고 후배가 태클을 거는 상황에서 어떻게 반응할지에 대해서 조언을 하면 친구분에게 도움이 많이 될 것 같아요.

마음가짐에 관해서 먼저 말하자면, 배려하는 행동은 습관처럼 몸에 배어서 자연스럽게 나타나기도 하지만 때로 타인이 나를 좋아하고 존중해줬으면 하는 마음에서 의도적으로 나올 때도 있어요. 후자의 경우에는 타인이 나의 행동에 어떤 반응을 보일지 더욱 신경 쓰이고, 내가 원하는 반응을 하지 않았을 때 거절 당하는 느낌을 받을 수 있죠. 그렇기에 친구분이 이제부터는 후배들을 의도적으로 배려하거나 편의를 봐주기보다 최소한의 격식과 예의만 갖춘다는 마음을 가지면 좋을 것 같아요.

다음으로 그 상황에서 어떻게 대처할지에 대해 말하자면, 타인이 나의 의견을 무시한다거나 태클을 건다면 그 행동이 잘못되었고 나에게 그런 행동을 해서는 안 된다는 것을 분명히 인식시키는 것이 중요해요. 그런 말을 들었을 때 표정에서 웃음기를 싹 빼고 "방금 뭐라고 그랬어요?"라고 강한 어조로 되묻거나, 경고하는 말투로 "그런 식으로 말하지 않았으면 좋겠습니다"라고 분명하게 말할 필요가 있죠.

이렇게 말하는 것은 결코 쉬운 일이 아니지만 우리에게 있어 아주 중요한 일이라고 생각합니다. 무례한 사람에게는 적당한 선을 긋는 것도 현명한 방법임을 친구와 내담자분이 꼭 기억하셨으면 좋겠습니다.

기분 나쁜 말은
오래 담아두지 마세요

상대방에게 기분 나쁜 말을 전하는 무례한 사람들은 생각보다 우리 주위에 흔하다. 기분 나쁜 말을 들은 사람들은 상대에게 화를 내기도 하고, 자신의 감정을 솔직하고 조용하게 전달하기도 하고, 상대와 연락을 끊기도 하는 등 대처하는 방식이 각각 다르다. 그중에서도 특히 맞서거나 자기주장을 하기 힘들어하는 사람들을 위한 몇 가지 방법을 소개해보려 한다.

첫 번째는 상대방의 말을 듣고 좋지 않은 감정에 빠져 있는 스스로를 나쁜 시선으로 바라봐서는 안 된다는 것이다. '고작 저런 말을 듣고 멘탈이 나간 나도 참 문제가 있구나'라고 생각하지 말기를 바란다. 주먹으로 때리는 것만 아픈 것이 아니다. 기분 나쁜 말로 맞았으면 당연히 감정이 상하는 것이 정상이다. 상처받은 자신에게 문제가 있다고 스스로 단정 지어버린 상황에서는 긍정적인 방향으로 변화하는 데 써야 할 에너지마저 남아나지 않는다.

두 번째는 기분 나쁜 말을 하는 사람들이 도대체 왜 그러는 것인가를 아는 것이다. 다양한 이유가 있겠지만, 비난이란 대부분의 경우 상대를 깎아내려 자신을 높이기 위한 심리가 반영되어 있다. 바꿔 말하면, 그들에게 일종의 열등감이 있어서 그 열등감을 해소하기 위한 수단으로 상대방을 비난하는 것이다. 비난하는 사람과 비난을 듣는 사람이 시소에 타고 있다고 생각해보자. 비난하는 사람은 열등감이란 무게에 짓눌려 시소의 아래에 내려가 있다. 그래서 그는 자신보다 위에 있는 사람에게 비난이라는 무게를 가하며, 시소의 균형을 맞추려고 애쓴다.

기분 나쁜 말을 일삼는 사람들의 의도가 이해가 되었다면, 이젠 오히려 그들의 입장에서 한번 생각해본다. '아, 저 사람도 참 마음 속에는 열등감이 가득한 사람이구나'라고 그들을 이해하려고 시도하면, 아이러니하게도 내 상처를 느끼는 데 집중하기보단 상대방에 대한 안쓰러움으로 감정의 초점이 옮겨진다. 그러면 상대방의 비난에 굴복하거나 상대방의 말 때문에 나 스스로 낮춰진다는 느낌을 덜 받을 수 있다.

세 번째는 상대의 기분 나쁜 말을 가져가지 않는 것이다. 앞서 말했듯이 누군가가 당신에게 기분 나쁜 말을 하는 상황일 때, 그 말을 '물건'이라고 상상해보자. 누가 강제로 당신에게 물건을 던질 수는 있고, 그래서 잠시 따끔할 수는 있지만, 그 물건을 당신이 계속 가지고 있어야 할 필요는 없다. '그래, 상대방의 말이 맞아. 난 잘하는 게 없어'와 같이, 당신을 아프게 만든 상대방의 물건을 스스로 가져가기로 수긍한다면 그 물건은 계속해서 당신을 아프게 만들 것이다.

자신에게 반드시 필요한 말이고 발전에 도움이 될 피드백이나 비판이라면 스스로 그 말을 받아들이는 것은 개인의 선택이다. 하지만 상대방이 합리적이지 않은 비난을 가한다면 '난 그 물건을 가져가지 않을 거야. 왜냐면 내 것이 아니거든'이라고 마음속으로 생각을 하거나, 어떤 상황에서는 "그 말은 일리가 없어요. 왜냐하면…"이라고 합리적으로 반박하는 것도 좋다.

당신이 인간관계에서 쉽게 상처받는다고 하더라도, 당신

은 결코 잘못된 사람이거나 나약한 사람이 아니다. 인간관계는 인생에서 가장 어렵고 변수가 많은 일이라서 모두가 다양한 문제를 경험한다. 하지만 무례한 사람들의 말로부터 내 마음을 지켜내는 방법들을 조금씩 실행해보고 자신에게 맞는 방법들을 찾아 연습하다 보면, 인간관계에서 상처받을 일은 현재의 2분의 1, 3분의 1로 계속 줄어들 것이다.

착한 아이 콤플렉스의
가장 큰 모순

'부탁을 거절하면 날 속 좁은 사람으로 보겠지?'

'착해 보이지 않으면 회사 사람들한테 따돌림을 당할 거야.'

착하지 않은 내 모습을 남들에게 당당하게 보여주는 것이 쉬운 사람은 사실 없을 것이다. 우리는 사회적 존재이기 때문에 타인이 나를 어떻게 평가하는지에 대해 불안해하기 때문이다. 하지만 이 불안에 마냥 굴복한 채, 너무 착해지려 하는 것은 좋지 않다.

순전히 남들을 돕기 위해 시작한 것일지라도 결국엔 처음 보여주었던 자신의 착한 이미지를 계속 유지하기 위해 '착한

마음을 베풀고 싶어'에서 '착한 사람으로 계속해서 보여야
해'라는 강박으로 어느새 바뀌어 버린다. 이렇게 스스로 스
트레스를 받아가면서까지 착해지려고 하는 것을 '착한 아이
콤플렉스'라고 한다.

> 착한 아이 콤플렉스의 가장 큰 모순은
> 바로 나 자신에게는
> 전혀 착하게 굴지 않는다는 것이다.

　남들에게 계속해서 좋은 모습을 유지하기 위해서는 수많
은 자기희생이 필요하다. 하지만 나라는 존재 또한 하나의
소중한 인격체이다. 만약 '착하게 대해줘야 할 인간관계 우
선순위 리스트'가 있다면 모든 사람을 다 제치고, '나 자신'이
가장 0순위에 올라가야 한다. 0순위여야 하는 나한테는 가
장 나쁘게 굴면서 다른 사람들한테는 착해 보이려고 애쓰는
것은 스스로를 따돌리는 행위이다.
　게다가 타인에게 착해 보이려고 애쓴다 하더라도, 사실 타
인의 입장에서는 당신을 긍정적으로 생각하지 않을 수도 있
다. 당신이 착해 보이기 위해 했던 행동들이 타인의 입장에

서는 아무 생각이 없거나, 자신이 원하던 것이 아니었기 때문에 오히려 부담을 느낄 수도 있다. 인성이 좋지 않은 상대방일 경우, 당신을 만만하게 보고 이용할 가능성도 충분히 존재한다. 하지만 당신은 스스로 무엇을 원하는지 가장 잘 알고 있다.

타인에게 착하게 보이기 위해 애쓰고 있다면, '내가 지금 무엇을 원하는지' 가장 먼저 생각해보길 바란다.

'나는 지금 누군가의 부탁을 들어줄 수 있는 시간이 없어.'

'친구는 술을 마시고 싶어하지만, 나는 오늘 술자리가 너무 힘들어.'

타인이 아닌 내 마음을 더 보살펴주면, 인간관계에서도 더 효율적이고 안정적으로 행동할 수 있다. 이것이 바로 '스스로에게 착해지는 방법'임을 기억하자.

그렇다면 타인은 신경 쓰지 말고, 나한테만 착해지면 되는 것일까? 과도하게 자신만 생각하면 주위 사람들에게 비판을 받아 더 큰 상처와 피해를 입게 될지도 모른다.

현명하게 착한 사람들은
자신에게 착해야 할 때와

상대방에게 착해야 할 때를

잘 판단하고 행동한다.

　만약 내가 지금 너무 힘들고 피곤해서 빨리 쉬어야 하는 상황에 상대방이 무리한 부탁을 한다고 치자. 그러면 내 상황을 상대방에게 자세히 설명해주고 정중히 거절하는 방법을 택한다. 반면 시간과 마음 모두가 여유 있는 상황에서 내가 소중하게 생각하는 상대방이 도움을 요청한다면, 기꺼이 도와주자. 이런 식으로 상황과 맥락을 잘 고려해서 적절한 균형을 찾아 나 자신과의 관계와 다른 사람들과의 관계를 현명하게 조율해보자.

　앞서 말했듯이 우리는 남들의 평가에 불안을 느끼는 사회적 존재이고 그로부터 완전히 자유로워지는 것은 결코 쉬운 일이 아니다. 게다가 우리 사회에서는 착한 사람이 되기를 강요하는 분위기가 분명히 존재한다. 그래서 만약 당신에게 착한 아이 콤플렉스가 있다고 하더라도 당신만의 문제는 아니니 자책할 필요는 없다.

　하지만 나라는 존재 또한 착한 선행을 필요로 하는 하나의 인격체라는 것을 인정하고 착하게 대해주어야 할 대상 0순

위로 두기 위해 노력해야 한다. 그럼 당신을 힘들게 했던 착한 아이 콤플렉스로부터 자유로워지게 될 것이다.

'제발 남들한테 그만 착하게 굴어.

내가 그렇게 하는 동안

나는 다 망가지고 있어.

왜 자꾸 제일 소중한 나한테는

매번 이렇게 가혹하게 구는 거야?'

스스로를 가장 우선 순위로 두고 위로할 때

마음을 치유하는 능력도 다시 회복될 것이다.

이별한 충격에서
벗어나기 힘들어요

'지금 내 마음이 그 사람을
정리하려고 애쓰고 있구나.'
내 마음을 더 따뜻하게 안아주세요.

#이별 #상실감 #내려놓기

연인과 헤어진 지 몇 달이 지났는데, 아직까지 마음이 너무 괴롭습니다. 그 사람이 그리워서 힘든 건 아닌데, 비참한 기분이 계속 들어요.

처음 만났을 당시에는 그 친구가 저한테 먼저 적극적으로 호감을 표현했어요. 저를 많이 좋아해주니 점차 그 친구에게 마음이 생겼고 자연스럽게 연인 사이로 발전하게 됐어요. 저는 성격이 소극적이고 우유부단한 데 반해 그 친구는 적극적이고 주관도 뚜렷한 편이어서 특히 연애 초반에 저를 잘 이끌어줬어요. 저는 그런 부분을 든든하게 느꼈고 시간이 지날수록 점점 그 친구에게 의지하게 된 것 같아요.

그런데 어느 순간부터 저를 대하는 태도가 차가워지는 게 느껴졌어요. 제가 하는 말도 그냥 흘려듣는 것 같고. 저랑 같이 있을 때도 그 친구는 뭔가 다른 곳에 있는 듯한 느낌이었어요. 그때부터 조금씩 불안한 마음이 들기 시작하더라고요. 처음 한두 번은 그러려니 했지만, 시간이 지나도 매번 그러니까 혹시 무슨

일 있냐고, 왜 그러냐고 몇 번을 물어봤어요. 그렇지만 제대로 된 대답은 하지 않고 별일 아니라고 하면서 계속 회피하기만 하더라고요.

그러다 제가 도저히 못 견딜 것 같아서 결국 그 친구에게 진지하게 이야기를 해보자고 했어요. 그 친구는 제가 자기를 좋아하는 만큼 자기는 그렇지 않아 부담스러우니까 이제 그만 만났으면 좋겠다고 하더라고요. 그 말을 듣는 순간, 망치로 머리를 한 대 세게 맞은 기분이었어요.

너무 당황해서 아무 말 못 하고 있었는데, 그는 정말 미안하다고 먼저 일어나겠다고 하면서 그렇게 자리를 떠났어요. 그를 붙잡고 많은 걸 물어보고 싶었지만 그 상황에서 도저히 입이 떨어지지 않더라고요. 그냥 한참을 멍하니 앉아 있었어요. 집에 돌아와서 확인해보니까 SNS는 다 끊어져 있고 연락도 차단했더라고요. 관계를 단칼에 잘라버린다는 게 이런 건가 싶었어요. 저는 그냥 잘려나간 거였죠.

💬 그 상황을 받아들이기가 정말 쉽지 않을 것 같아요. 충분히 설명을 들은 것도 아니고 갑작스럽게 이별 통보를 들은 거니까요. 마음이 멀어진 이유를 확실히 알 수 없으니 생각을 정리

하기가 더 어려웠겠어요.

🖋️ 맞아요. 주변 친구들은 그 정도는 별일 아니라고 그냥 잊고 넘기라고 하는데요. 아무리 생각해도 그가 왜 그랬는지, 제가 도대체 뭘 잘못했는지 잘 모르겠으니 마음이 쉽게 정리되질 않더라고요. 연락을 다 차단시켜버려서 직접 물어볼 수도 없는 마당이고요. 그때 자존심을 굽혀서라도 붙잡고 다 물어볼 걸 그랬나 후회도 돼요.

몇 달이나 지난 지금도 여전히 그때의 일들이 떠오르고 저도 모르게 계속 파고들게 돼 마음이 너무 괴로워요. 특히 그 친구가 이별을 통보할 때의 장면이나 태도가 변했던 순간의 장면이 떠오를 때면 마음에 소용돌이가 몰아치는 것 같아요. 도대체 언제까지 이렇게 괴로워야 하는지 모르겠어요.

💬 그 친구가 혼자서 마음 정리를 하고 일방적으로 통보하기보다, 함께 정리하는 시간을 가졌다면 내담자님께서 마음고생이 덜 했을 텐데…. 정말 안타깝네요. 일방적으로 관계가 끊어진 것 자체로도 자존감에 상당한 스크래치를 입었을 텐데 그 이유에 대해서도 충분한 설명을 듣지 못했으니까 내담자님께서

이 상황을 정리하기가 더욱 힘들지 않았을까 싶어요.

✍️ 무엇보다도 그때 일이 계속 떠오르는 게 너무 싫어요. 생각이라도 안 나면 그나마 괜찮을 텐데 제가 원하지도 않는데도 자꾸 지난 일이 생각나 괴롭네요. 그냥 그 기억을 지워버리고 싶은 심정이에요. 어떻게 하면 그 장면이 머릿속에 나타나지 않을 수 있을까요?

💬 우리 마음은 받아들이기 힘든 일을 겪고 나면 그때의 기억을 반복해서 떠올리는 경향이 있어요. 특히 수치심이나 분노와 같이 강렬한 감정을 불러일으킨 사건은 마음이 소화하기 어려운 일이어서, 그 기억이 쉽게 잊히질 않고 오랜 시간이 지난 후까지 계속 떠오르기도 하죠.
그런데 과거의 기억이 반복해서 떠오르는 것은 나에게 문제가 있거나 내가 약하기 때문이 아니에요. 오히려 마음은 기억을 떠올리는 과정을 통해 과거의 상처를 치유하고 받아들이기 힘들었던 경험을 정리하죠.
만일 시간이 어느 정도 지났음에도 과거의 일이 계속 생각난다면 마음이 그만큼 그때의 기억을 소화하기 어렵고, 지금도 기억을 정리하기 위해 무척 애를 쓰고 있다는 것을 의미해요. 그런데 타인으로부터 "왜 아직도 힘들어하냐" "언제까지 힘들어할 거냐"와 같은 말을 듣게 된다면 마음에 더 큰 상처가 되지 않을까 싶어요.

말씀을 듣고 보니 저도 스스로에게 그런 말을 많이 했던 것 같아요. 주변 사람들이 별일 아니라고 하니까 힘들어하는 시간이 길어질수록 마음이 더 심란해지더라고요. 그럼 앞으로 어떻게 하면 그 기억을 잘 정리할 수 있을까요?

무엇보다 가장 중요한 것은 내 마음을 이해하고 알아주는 것이에요. 가령, 과거의 일이 떠오르면서 분노나 후회, 비참함 등의 감정이 함께 올라올 때 '아, 왜 또 이런 기억이 떠올라서 나를 괴롭히지?' 하고 반문하기보다 '지금 마음이 그때의 일을 정리하려고 애쓰고 있나 보다'라고 말하면서 마음을 따뜻하게 알아주는 것이죠.

지금 당장은 마음에서 '왜 이런 일이 일어났지?' '나에게 이런 일이 일어나선 안 돼!'와 같은 생각이 들면서 그 일을 부정하거나 인정하지 않으려고 할 수 있어요. 아픈 곳을 건드릴 때 방어

본능이 일어나는 것처럼 그런 생각이 떠오르는 것 또한 자연스러운 일이에요. 그럴 때에도 마찬가지로 '내 마음이 과거의 상처로 인해 아파하고 있구나'라고 마음을 따뜻하게 알아주면 좋을 것 같아요.

공감은 마음이 입은 상처 위에 연고를 바르는 것과 같아요. 이렇게 내 마음을 공감하기 시작할 때 마음은 빨리 회복할 수 있고 과거의 기억도 보다 빠르게 정리될 수 있어요. 시간이 지나 마음이 회복되고 나면 그 기억에 대해서 '이런 일이 일어날 수도 있나 보다' '그래, 살다 보니 별일이 다 일어나네'라고 유연하게 받아들일 수 있을 거예요.

상실을 애도하는 시간이
필요해요

    아마 인간이 세상에서 가장 감당하기 힘든 일 중 하나는 '누군가를 잃은 경험'일 것이다. 우울증 발생 이론에서도 '상실'은 우울증을 일으키는 가장 높은 확률을 가진 사건으로 언급된다. 부모님이 돌아가시는 것부터 친구, 연인과 이별하는 것 등 소중한 사람을 잃거나 관계가 단절되는 모든 상황들이 상실에 해당된다. 그리고 대부분의 상실은 우리 마음에 큰 타격을 주고 심할 경우에는 일상생활을 이어가지 못하게 만든다.

    왜 상실은 우리에게 가장 큰 고통 중 하나로 작용하는 것일까? 그것은 바로 인간은 다른 사람과 교감하며 살아갈 수밖에 없는 사회적인 존재이기 때문이다. 특히 가족, 친구, 연인처럼 내 인생에 많은 영향을 주는 사람이라면 금전적인 부분으로도 대체할 수 없는 소중한 존재가 된다. 그러므로 이들과 이별했을 때 우리는 오랜 시간 아파할 수밖에 없다. 대부분 이런 상실의 느낌을 잘 알고 있고, 상실이 얼마나 버텨내기 힘들고 무서운 감정인지도 잘 이해하고 있을 것이다. 상실의 시기를 어떻게 하면 건강하게 보낼 수 있을까?

첫 번째는 진정한 회복을 위한 내 마음의 첫 단추를 올바로 끼우는 것, 바로 '상실 후 겪는 아픔을 완전히 극복해야만 한다는 강박으로부터 벗어나는 것'이다. 상실 후 겪는 아픔은 너무나도 자연스러운 인간의 심리적 과정이며, 이것을 부정하는 것은 결코 좋은 방법이 아니다. 상실을 경험한 사람은 바로 나인데, '해야 할 일도 똑바로 못하고. 나는 왜 이렇게 멘탈이 약할까?'라고 생각하는 것은 스스로를 더욱 힘들게 하는 행위이다. 그렇게 한다고 아픔이 사라지지 않는다. 오히려 스스로를 더 못마땅하게 여기게 되고, 인지 부조화와 감정 소모만 커질 뿐이다.

'여기서 벗어나고 당장 이겨내야지!'보다
'내가 힘든 건 당연한 거야.
이런 나를 더 이해해주자'라는
마음가짐으로
이 아픔을 기꺼이 수용해야 한다.

두 번째, 당신이 겪은 상실의 경험을 타인과 나누는 것이다. 앞서 말한 것처럼, 스스로의 아픔을 이해하고 당당해졌다면 이 상실의 경험에 대해 상대방에게 털어놓을 수 있는 용기도 동시에 생긴다. 굳이 왜 나의 아픔을 상대방에게 보여야 하는지 의문을 가지는 사람도 있을 것이다. 많은 심리학자들은 상실의 아픔을 극복하기 위한 가장 효과적인 방법으로 '타인과 그 상실의 경험을 공유하는 것'을 꼽았다. 누군가에게 자신의 아픔을 공감받고 이해받는다는 것은 생각보다 큰 치유의 효과를 가져다 준다. 게다가 타인과 얘기를 나누면서 상실을 통해 찾아온 허전함과 외로움도 달랠 수 있다. 만약 타인에게도 비슷한 경험이 있다면, 나만 이런 일을 겪은 게 아니라는 생각만으로도 위로를 받을 수 있다.

그럼에도 불구하고 타인에게 굳이 당신의 아픔을 털어놓

고 싶지 않다면, 상실에 대한 이야기가 아니어도 괜찮으니 다른 사람과 대화하고 무언가를 함께하는 시간이라도 늘려보자. 인간은 힘들 때 혼자 있고 싶어 하면서도, 막상 혼자 있으면 그 시간 동안 부정적인 생각을 하게 될 확률이 커진다.

세 번째, 지금의 빈자리를 또 누군가가 채워줄 수 있다고 믿는 것이다. 상실감을 겪는 초반에는 당연히 이 사람을 대체할 사람은 아무도 없다고 생각되겠지만, 시간이 흐를수록 다른 사람들에 의해 상실감이 조금씩 자연스럽게 메워지고 있다는 사실을 느낄 수 있을 것이다.

아직 만나보지 못한
수많은 사람들이
당신을 기다리고 있다.
그리고 그중 누군가는
분명 당신의 빈자리를
채워줄 수 있는 사람이 있을 것이다.

새로운 가정을 통해 돌아가신 부모님의 빈자리가 조금씩 채워질 수 있고, 새로운 연인을 통해 과거의 아픈 이별을 잊게 되는 날이 올 것이다. 물론 시간이 필요하지만, 이런 과정을 거치는 것이 자신의 아픔을 부정하고 잘못된 방향으로 나아가는 것보다 훨씬 더 빠르게 마음을 회복시키고 일상생활로 돌아갈 수 있다.

상실의 아픔을 겪고 있는
당신은 절대 약하지 않다.
약한 것이 아니라
상실의 아픔을 용기 있게
인정할 줄 아는 사람이다.
서툴지만 천천히 이겨내고 있는 당신이
진정으로 강한 존재라는 사실을
잊지 말았으면 좋겠다.

인간관계,
왜 내 기대처럼 흘러가지 않을까

　　살다 보면 인간관계가 싫증 나고 지치는 순간들이 많다. 나 또한 인간관계를 맺어오면서 많은 사람들에게 실망했던 적이 종종 있다. 특히 나와 친하고 특별하다고 생각했던 사람이 좋지 않은 모습을 보이면 그 실망감은 더욱 크게 다가왔다. 그럴 때마다 커다란 감정 소모를 경험했는데, 처음에는 '나랑 잘 맞지 않는 사람이겠지. 다른 사람은 다를 거야'라고 생각했지만 새로운 인간관계에서도 같은 패턴이 자주 반복되고는 했다. 인간관계에 계속해서 지쳐갈 때즈음, 문득 이런 생각이 들었다.

　　'혹시 내가 바뀌면, 이 문제를 해결할 수 있을까?'

원래는 인간관계가 잘 풀리지 않는 것에 대해 인복이나 타인의 성격을 탓해왔지만, 아무리 애써도 바뀌지 않는 이 지겨운 패턴 때문에 나에게 초점을 돌려 생각해본 것이다. 생각을 전환해보니, 예전에는 모르고 지나쳤던 것들이 새롭게 보이기 시작했다. 우선 나는 타인의 장점보다는 단점에 더욱 민감하게 반응해온 것을 깨달았다. 처음에는 그 사람의 장점에 집중했지만, 시간이 지날수록 그 장점은 점점 둔감해지기 시작했다. 반면 단점은 시간이 지날수록 더욱 눈길이 가고 신경이 쓰였다.

'왜 지금 상황에 거짓말을 하는 거지? 이해가 안 되네….'

'지금 이게 화낼 일이었나? 난 별로 잘못한 게 없는데?'

타인의 단점이 보일 때마다 나도 모르게 타인을 '평가'하기 시작했다. 이때 평가의 기준은 '상대방에 대한 나의 기대와 판단들'이었다.

'너는 나에게 거짓말을 해서는 안 돼.'

'너는 나에게 화를 내어선 안 돼.'

물론 인간이라면 누구나 원하는 것이 존재하기 때문에 당연히 자신의 기대를 가질 수 있고, 상대방을 그 기대의 대상으로 삼을 수 있다. 특히 가족관계나 친구처럼 가까운 관계에서 이런 경우가 흔하다. 또한 인간이라면 익숙한 것보다 새로운 것에, 좋은 것보다 싫은 것에 더욱 많은 신경을 쓰게 되는 것도 사실이다. 이는 매우 자연스러운 심리적 현상이다. 하지만 그럴수록 익숙해서 잊고 있었던 타인의 좋은 점에 대해서도 의식적으로 떠올려보거나, 타인을 향한 자신의 기대가 과연 서로를 위한 합리적인 것이었는지, 상대방을 자신의 기준에 끼워 맞추려는 '나만의 욕심'은 아니었는지를 되돌아보는 노력이 더욱 필요하다.

누군가를 판단한다는 것은 결국, 그 사람의 입장이 되어보지 않은 채 주관적으로 예측해보는 것에 불과하다. 따라서 타인의 여러 부분에 관한 자신의 판단이 틀릴 수 있다는 사실을 항상 자각하고 있어야 한다. 나에게 실망을 준 상대방의 행동 속에는 내가 생각한 것과는 다른 의도가 있었을지도 모른다는 것이다. 게다가 누군가에게 실망을 느낀 후라면 당연히 부정적인 감정이 함께 들기 때문에 타인의 행동에 대해더 쉽게 오해할 수 있어 주의해야 한다.

물론 이러한 주의가 모든 인간관계에 적용되는 것은 절대아니다. 굳이 그럴 가치도 없는 사람을 억지로 좋게 생각할 필요는 절대 없다. 상대방의 좋은 점을 의도적으로 떠올려보는 등 넓은 시야를 가지고 차분하고 신중하게 평가해봤는데도 그 사람과 관계를 맺으면서 느낀 좋은 점들보다 힘든 점들이 확실하게 더 많다면 아예 관계 정리까지도 냉정하게 고민해볼 필요가 있을 것이다. 특히, 자신에게 폭력을 휘두른 사람이나, 큰 상처를 준 사람이라면 더욱 그러하다.

하지만 대부분의 경우, 평소 우리를 실망하게 만드는 타인의 단점들은 사실 보통의 사람들에게서 볼 수 있는 비교적 흔한 것들인 경우가 많다. 누구나 감정이 상하면 자신도 모르게 화를 표출할 수 있고, 자신을 보호하거나 배려하기 위해 거짓말도 할 수 있다. 인간은 자기 자신을 가장 소중하게 여기기 때문에 이기적인 행동을 보일 수 있다. 심지어 자신을 실망하게 만들었던 타인의 그 행동을 나 자신이 똑같이 행하기도 한다.

내가 누군가에게 실망했던 것처럼,
다른 누군가도 나를 보고
크게 실망했을지도 모를 일이다.

완벽하지 못한 둘이 만나

관계를 맺는 만큼,

크고 작은 실수를 할 수 있다.

　하지만 우리는 가끔 '아무도 나에게 피해를 주어선 안 돼'
라는 불가능한 기준을 두고 인간관계를 기대하기도 한다. 이
런 기대는 자신에게 더욱 많은 실망을 느낄 수밖에 없게 만
들며, 결국 실망을 겪으면 겪을수록 가장 힘들어지는 사람
은 그 누구도 아닌 바로 나 자신이다. 내가 새로 만나는 사람
마다 필연적으로 실망해야 하고, 상처받아야 하기 때문이다.
이것이 바로, 상대방에게 너무 높은 기준으로 큰 기대를 걸
지 말아야 할 가장 합리적인 이유이다.

　그러니 자신을 실망시키게 만든 타인의 단점 때문에 힘들
때면 그 단점은 그저 인간으로서 충분히 보일 수 있는 자연
스러운 행동이 아니었는지, 단지 타인에 대한 나의 기준과
욕심 때문에 섣불리 단점으로 단정 지은 것은 아닌지 되돌아
보는 시간을 가져보는 것이 필요하다.

　물론 내가 누군가에게 큰 기대를 걸고 실망하는 과정에서
내가 힘든 일이 생기는 것이 아니라, 누군가가 나에게 큰 기
대를 거는 게 부담되고 너무 힘들다고 생각하는 사람들도 있

을 것이다. 이는 특히 부모와 자녀 간의 관계에서 흔하게 찾아볼 수 있는 고민들이다. 자녀를 자신의 '소유물'처럼 생각하는 부모의 경우 자녀의 독립성과 자녀의 주관적인 생각들을 무시하고, 부모 자신의 기대에 맞추도록 강요하는 경우가 많다. 자녀의 입장에서도 '부모님의 말이니까 들어야 된다'는 생각으로 억지로 맞추기도 한다. 처음에는 가정의 평화를 위해 어쩔 수 없다고 생각할 수 있지만, 오히려 이런 상황이 계속 유지되면 갈등과 불화가 쌓이고 쌓여 결과적으로 더 크게 폭발해버리게 된다.

부모님의 기대를 꼭 맞춰야만 좋은 자녀가 되는 것이 아니다. 진정으로 건강한 가족관계를 원한다면, 부모님의 기대를 적당히 거절할 줄 알아야 하고 자신의 주장도 펼칠 줄 알아야 한다. 물론 가족관계뿐 아니라 당신에게 과한 기대를 거는 모든 사람에게 해당되는 것이기도 하다.

앞으로 내가 타인에게 거는 기대도 점검하면서 타인이 나에게 걸어오는 기대도 적당히 거절할 줄 알게 된다면, 당신이 지금까지 겪었던 인간관계의 아픔들이 앞으로는 훨씬 줄어들 것이다.

인간관계에서 받은 상처를 치유하는 상상법

> **사용법** 이 상상법은 마음이 필요로 할 때 언제든 반복해서 들어도 괜찮습니다. 불편한 감정을 감당하기 버거울 때나 지금의 인간관계가 힘들고 지칠 때 어느 때든 잠깐 조용한 시간을 내어 이 상상법을 적용해보세요.

누구나 한 번씩 인간관계에서 크고 작은 상처를 받죠. 그 상처는 때로 우리 마음 깊은 곳에 자리 잡아서 우리를 어떤 일에 예민하게 만들기도 하고, 우리의 자존감을 바닥까지 낮추기도 합니다.

많은 분들과 이야기를 나누다 보면 인간관계에서 받은 상처를 치유하는 방법에 대해서 물어보시는 경우가 많이 있습니다. 과거에 어떤 사람에게 상처받았던 기억이 자꾸 생각이 나고, 그와 비슷한 상황이 나타나기만 하면 그때의 감정이 되살아나서 자신을 힘들게 만든다고 호소하십니다. 또 과거에 상처받았던 그 순간으로 돌아가고 싶다는 이야기도 많이 하십니다. 그때로 돌아가서 그 사람의 말을 듣지 않고 싶다고. 아니면 그 사람의 말에 제대로 대응하고 싶다고 말씀하기도 합니다.

만일 우리에게 과거로 되돌아갈 능력이 있다면 얼마나 좋을까요? 하지만 안타깝게도 우리는 그런 능력을 가지고 있지 않습니다. 그렇다면 우리는 언제나 과거의 상처에 매여 있을 수밖에 없는 걸까요? 그렇지 않습니다. 과거의 상처를 치유할 확실한 방법이 있기 때문입니다.

사실 저도 예전에 오랫동안 다른 사람에게 받은 상처로 인해서 하루에도 수십 번씩 불편한 감정을 느낀 적이 있습니다. 하지만 감사하게도 심리학을 공부하면서 마음을 치유하는 원리와 방법을 깨달았고, 이것을 통해서 제 안의 상처를 치유할 수 있었습니다.

이번 시간에는 바로 그 방법을 여러분에게 소개하고자 합니다. 먼저 원리를 설명한 후에 상상법을 실습하는 것으로 구성하였습니다. 만일 인간관계에서 상처를 자주 받는다면 꼭 실천해보기를 바랍니다.

뇌는 불편한 감정을 아주 잘 기억합니다. 왜냐하면 뇌가 불편한 감정을 위험한 것으로 인식하기 때문이죠. 뇌는 위험하다고 인식한 것을 중요한 정보로 분류합니다. 인간관계에서 받은 상처는 우리에게 아주 불편한 감정을 일으킵니다. 뇌가 보기에 그 감정은 아주 위험한 것이죠. 그래서 뇌는 상처받은 장면과 그때의 감정을 매우 선명하게 기억합니다. 그리고 반복해서 그 감정을 우리의 마음에 떠올리며 우리에게 위험하다는 경고의 메시지를 보냅니다. 그래서 시간이 지났음에도 불구하고 과거에 누군가에게 받은 상처가 여전히 선명한 기억으로 남아 있게 되는 것입니다.

그러나 만일 뇌가 불편한 감정을 위험한 것으로 인식하지 않으면 어떤 일이 일어날까요? 뇌는 그 감정과 사건을 중요하지 않은 것으로 분류하고 곧 그 일을 잊어버립니다. 바로 여기에서 우리는 마음의 상처를 치유하는 방법에 대한 실마리를 찾을 수 있습니다. 불편한 감정에 대한 뇌의 태도, 즉 불편한 감정을 위험한 것으로 보느냐 혹은 위험하지 않은 것으로 보느냐에 따라 마음의 상처가 오랫동안 남을지 여부가 결정되는 것이죠.

그렇다면 만일 우리가 훈련을 통해 불편한 감정을 위험하지 않은 것으로 인식하도록 뇌를 변화시키면 어떻게 될까요? 자연스럽게 그때의 장면과 상황은 중요하지 않은 정보로 분류되어서 서서히 기억 저편으로 사라질 것입니다.

결국, 앞에서 말한 상처를 치유하는 방법이란 '불편한 감정을 위험하지 않은 것으로 인식하도록 뇌를 변화시키는 기술'을 말합니다.

이제 상상법을 통해 불편한 감정에 대한 태도를 변화시키는 훈련을 해볼 것입니다. 전혀 어려운 것은 없고, 그저 제 말을 따라 머릿속으로 자연스럽게 상상하시면 됩니다. 상상에 참여하기에 앞서 조용하고 편안한 장소를 찾아주세요. 의자에 앉아도 좋고 침대에 누워도 괜찮습니다. 준비가 되었다면, 제 말을 주의 깊게 따라오시면 됩니다.

편안한 자세를 취합니다.

만일 눈을 뜨고 있다면 이제 눈을 감아주세요.

심호흡을 몇 차례 하겠습니다.

코로 숨을 깊게 들이쉬고, 코로 내쉽니다.

다시 깊게 들이쉬고, 내쉽니다.

또 한 번 깊게 들이쉬고, 내쉽니다.

반복해서 심호흡을 지속합니다.

심호흡을 할수록 당신은 안정됩니다.

그리고 당신의 마음은 편안해집니다.

당신은 완전히 안전한 공간에 있습니다.

지금 어떤 느낌이 들든, 당신에게 가장 좋은 상태입니다.

당신은 어떤 기억으로 되돌아갈 준비가 되었습니다.

이제 당신을 힘들게 하는 사람을 떠올려봅니다.
과거에 당신에게 상처를 주었던 사람이나
지금 당신을 힘들게 하는 사람을 떠올려봅니다.

지금 당신의 마음에 불편한 감정이 느껴집니다.
이제 저를 따라 속으로 말해봅니다.

'불편한 감정이 잠시 머물러 있구나.'
'괜찮아. 감정은 위험한 것이 아니야.'
'마치 바다의 파도와 같이 내 마음속에서 일어나는 현상이야.'

다시 호흡을 가다듬습니다.
당신은 지금 안전한 공간에 있습니다.

이제 당신을 힘들게 한 그 사람이
당신이 듣기 싫어하는 말을 하는 모습을 떠올려봅니다.
당신을 가슴 아프게 했던 말,
당신을 위축되게 만들었던 그 말을 떠올려봅니다.

지금 마음속에 불편한 감정이 느껴집니다.

다시 저를 따라 속으로 말해봅니다.

'불편한 감정이 나에게 찾아왔구나.'

'괜찮아. 감정은 위험한 것이 아니야.'

'마치 바다에 잠시 출렁이는 파도와 같이

내 마음속에 자연스럽게 일어나는 현상이야.'

다시 호흡을 가다듬습니다.

당신은 지금 안전한 공간에 있습니다.

이제 당신 앞에는 당신을 닮은 아이가 서 있습니다.

이 아이는 당신의 마음 내면에 있는 어린아이입니다.

이 아이는 왠지 모르게 슬픈 표정을 짓고 있습니다.

그 표정 속에 다른 사람들에게 받은 상처가 느껴집니다.

아이는 당신을 보더니 반가운 듯 살짝 미소를 짓습니다.

이제 당신은 그 아이에게 말합니다.

그동안 많이 힘들었지?

얼마나 많이 마음 졸이고 위축됐을까.

그래도 잘 버텨줘서 고마워.

이제 불편한 감정이 찾아오면 너무 놀라지 않아도 괜찮아.

감정은 위험한 것이 아니라

바다에 잠시 출렁이는 파도처럼 자연스러운 것이니까.

그리고 그때 내가 함께 있을게.

너를 떠나지 않고 너와 함께 있을게.

만일 아이에게 더 해주고 싶은 말이 있다면

지금 그 말을 건네도 좋습니다.

제가 충분한 시간을 드리겠습니다.

당신은 그 아이를 꽉 안습니다.

아이의 따뜻한 체온이 당신에게 느껴집니다.

그 아이는 눈물을 흘립니다.

그리고 당신에게 이렇게 말합니다.

나에게 찾아와줘서 고마워요.

나를 위로해줘서 고마워요.

내 편이 되어줘서 고마워요.

이제 당신은 아이와 작별인사를 건넵니다.

아이의 표정에서 약간의 평온함이 느껴집니다.

이제 당신은 상상에서 지금 이 순간으로 천천히 돌아옵니다.

현재 당신이 쉬고 있는 호흡을 느껴봅니다.

이제 제가 셋을 세면 눈을 뜨시면 됩니다.

하나, 상상에서 현재로 돌아올 준비를 합니다.

둘, 눈을 뜨면 당신의 마음은 따뜻함으로 가득 찰 것입니다.

셋, 눈을 뜹니다.

잘하셨습니다. 이제 노트를 꺼내 당신이 상상한 그 아이에게 했던 말과 미처 하지 못했던 말, 더 해주고 싶은 말을 자유롭게 적어보세요. 만일 다 적었다면 그것을 소리 내어 읽어보세요.

감정 소모로 지친 마음을 회복하는 자비 명상

> **사용법** 인간관계에 소진된 마음에 온기를 불어넣는 자비 명상을 소개하고자 합니다. 시작하기에 앞서 조용한 공간을 찾아주세요. 편안한 자세로 자리에 앉거나 푹신한 바닥에 눕습니다.

때때로 우리의 말과 행동 속에는 상대방을 통해 무언가를 얻고 싶은 욕구와 상대방을 통제하고 싶어하는 욕구가 숨어 있습니다. 표면적으로는 친절한 행동이지만 그 이면에는 상대방으로부터 사랑과 존중을 얻고 싶은 욕구, 그 행동을 통해 상대방의 마음을 변화시키려는 욕구가 자리하기도 하죠. 이러한 욕구는 일차적으로는 자연스러운 것이지만, 과도하게 커질 경우에는 나 자신과 상대방의 마음을 지치고 소진되게 만들기도 합니다. 이번 시간에는 자비 명상을 통해 타인을 통제하고자 하는 욕심을 내려놓고 그저 평안과 행복을 기원하는 마음을 가질 때, 내면에 어떤 변화가 일어나는지 체험해보시길 바랍니다.

편안한 자세를 취합니다.

자리에 눕거나 의자에 앉으셔도 좋습니다.

만일 눈을 뜨고 있다면 이제 눈을 감아주세요.

속으로 나에게 말합니다.

나는 지금 쉬고 있다.

이제 몸과 마음이 완전한 휴식상태로 들어갑니다.

불안이나 걱정, 스트레스가

나도 모르게 쌓인 머릿속은

깊은 휴식을 취할 때,

마치 독이 빠져나가듯 조금씩 맑아집니다.

다시 한 번 나에게 말합니다.

나는 지금 쉬고 있다.

이제 양손을 배 위에 올립니다.

지금부터 심호흡을 몇 차례 하겠습니다.

코로 숨을 깊이 들이쉬고, 입으로 길게 내쉽니다.

다시 깊이 들이쉬고, 내쉽니다.

또 깊이 들이쉬고, 내쉽니다.

반복해서 심호흡을 몇 차례 계속합니다.

심호흡을 하는 동안, 배에 주의를 둡니다.

숨을 들이쉴 때 배가 올라갔다가,

숨을 내쉴 때 배가 내려가는 것을 느낍니다.

배에 주의를 둘 때 조금씩 온기가 생깁니다.

배가 따뜻해지며 그 온기가 손과 몸으로 퍼져 나갑니다.

이제 내 몸은 햇살처럼 따스한 온기로 가득 차 있습니다.

이제 자신을 향해 따뜻한 마음을 보내겠습니다.

저를 따라서 소리를 내거나 속으로 말해주시면 됩니다.

내가 늘 평안하기를

내가 늘 행복하기를

내가 하는 일이 다 잘되기를.

그리고 자신에게 하고 싶은 따뜻한 말을 건넵니다.

이번에는 자신이 사랑하는 사람을 떠올려봅니다.

한 사람이어도 좋고, 여러 사람이어도 괜찮습니다.

이제 그 사람을 향해 따뜻한 마음을 보내겠습니다.

동일하게 저를 따라서 소리를 내거나

속으로 말해주시면 됩니다.

그 사람이 늘 평안하기를

그 사람이 늘 행복하기를

그 사람이 하는 일이 다 잘되기를.

그리고 그 사람을 향해 자신이 하고 싶은 따뜻한 말을 건넵니다.

당신은 자신과 사랑하는 사람에게

따뜻한 온기를 전하였습니다.

지금 마음에 떠오르는 느낌을 있는 그대로 음미합니다.

사랑, 평화, 행복, 기쁨.

모든 따뜻함이 내 안에서 흘러나옴을 음미합니다.

이제 제가 셋을 세면 눈을 뜨시면 됩니다.

하나, 명상을 마무리할 준비를 합니다.

둘, 눈을 뜨면 당신의 마음이 따뜻한 온기로 가득찰 것입니다.

셋, 눈을 뜹니다.

그때 나는 미처 알지 못했다.

잘했을 때 칭찬하는 것보다
못했을 때 괜찮다고 말하는 것이
더욱 중요하다는 사실을.

나의 밝고 당당한 모습을 사랑하는 것보다
힘들고 지친 모습을 사랑하는 것이
더욱 중요하다는 사실을.

그때 나는 미처 알지 못했다.

자존감의 진정한 의미는
남들에게 인정받는 모습이 아닌
자신의 부족한 모습을 존중하는 마음이라는 것을.

3장

행복한 시간이
걱정한 순간보다 많기를

감정이 휩쓴 날의 위로

발표나 시험을 앞두고
지나치게 긴장해요

불안과 긴장을
당연하게 받아들이면
오히려 자유로워질 거예요.

#사회생활 #긴장될 때 #이완연습

저는 다른 사람들 앞에 설 때나 중요한 시험을 칠 때 긴장을 지나치게 많이 합니다. 특히 사람들이 많이 있는 곳에서 발표를 하거나 면접관 앞에 서면 너무 긴장한 탓에 머리가 그야말로 백지 상태가 되어 말이 잘 나오질 않아요. 시험을 칠 때는 심장이 막 터질 것만 같고, 손에 땀이 너무 나서 온전히 집중하기가 어렵고요. 지금 취업 준비 중이라 앞으로 면접을 보거나 시험 볼 일이 많은데 긴장이 항상 제 발목을 잡아서 걱정이에요. 예전 같았으면 그런 상황을 피하면 해결됐는데 이제는 두렵다고 마냥 도망만 다닐 수도 없으니까요. 언제까지 이 상태로 있을 순 없잖아요. 어떻게 극복해야 할지 갈피를 못 잡겠어서 막막해요. 혹시 긴장을 없앨 수 있는 좋은 방법이 있을까요?

긴장을 컨트롤하는 방법보다 긴장을 어떻게 바라볼지에 대해서 말씀드리면 지금 가지고 있는 고민에 대한 답이 될 것 같아요. 우선 긴장이 마음에서 작용하는 원리에 대해 먼저 설명

드린 다음, 긴장이 될 때 어떤 마음가짐을 가지면 좋을지에 대해서 말씀드릴게요.

발표를 할 때나 중요한 시험을 치는 상황에서 가슴이 쿵쾅거리고 온몸에 식은땀이 날 때 우리는 흔히 이런 생각을 해요. '나 왜 이렇게 긴장되지?' '너무 긴장하면 안 되는데.' 그러고는 나름대로의 방법으로 긴장을 풀기 위해 노력하죠. 이처럼 우리는 중요한 순간에 긴장이 느껴지면 이를 '위협'으로 인식하고 그것을 '통제'하기 위해 노력해요. 왜냐하면 긴장이 우리의 수행 능력을 낮출 것이라고 생각하기 때문이에요.

그런데 여기서 드는 한 가지 의문점은 '우리가 정말 긴장을 통제할 수 있을까?'라는 것이에요. 신경학적으로 볼 때 긴장을 조절하는 뇌의 부분은 의식을 담당하는 대뇌피질이 아니라 몸의 자율적 생리 반응을 담당하는 뇌관이에요. 그렇기 때문에 긴장을 우리의 의지를 통해 직접적으로 통제하기는 매우 힘들어요. 어떻게 보면 긴장은 애초에 우리가 통제할 수 있는 대상 자체가 아닌 거죠. 그럼에도 불구하고 긴장을 계속 통제하려고 애쓴다면 반대로 긴장이 더 증폭되는 결과가 발생합니다.

맞아요. 긴장을 안 하려고 할수록 더 긴장이 되더라고요.

그렇다면 여기서 또 하나 생각해야 할 부분은 '설령 우리가 긴장을 통제할 수 있다고 한들, 긴장을 반드시 풀어야만 할까?' '긴장은 정말 나의 수행을 방해하는 적일까?'라는 점이에요.

몸에서 일어나는 현상은 각각 목적과 기능을 가지고 있어요. 우리 몸이 긴장을 느끼는 것 또한 그 목적이 있는데, 그것은 바로 '주어진 도전을 잘 극복하는 것'이에요. 실제로 많은 연구들은 사람이 적당히 긴장할 때의 수행 능력이 긴장을 하지 않을 때보다 높다고 말해요. 긴장은 본질적으로 나의 '적'이 아니라 오히려 나를 도와주는 '아군'인 것이죠.

그러나 만일 우리가 긴장을 적으로 간주하고 그것을 없애려고 시도한다면, 긴장을 조절하는 데 실패할 뿐만 아니라 오히려 긴장이 필요 이상으로 증폭되어 정말 우리의 적이 되어버려요. 즉, 긴장을 받아들이는 우리의 '태도'에 따라서 긴장이 아군이 될지 혹은 적이 될지가 결정되는 것이죠.

긴장에 대한 태도가 중요하다는 말씀이시죠?

맞아요. 그래서 중요한 시험을 치거나 면접을 보는 상황에서 심장이 막 뛰고 손에 땀이 나고 있는 자기를 발견할 때 속으로 이렇게 말하면 도움이 정말 많이 될 거예요.

'긴장은 나의 아군이다.'

'아군의 도움을 받아서 내 앞의 도전을 잘 극복할 수 있을 것이다.'

긴장은 결코 적이 아니라 아군임을 기억하고 긴장을 또 하나의 에너지원으로 활용한다면, 발표 상황이나 시험 상황에서 더 이상 긴장으로 인해 두려워하지 않고 자신의 잠재력을 발휘할 수 있을 거예요.

긴장과 불안도
나의 소중한 감정

이토록 우리를 힘들게 만드는 '감정'이라는 것이 왜 우리에게 존재할까? 그 이유는 우리에게 감정이라는 기능이 꼭 필요하기 때문이다. 두려움이라는 감정이 있기에 우리는 조심성을 가질 수 있게 되고, 이 조심성으로 우리의 몸과 가족을 지킬 수 있다. 뿌듯함이라는 감정이 있기에 우리는 성취감을 느낄 수 있고, 이 성취감은 열심히 일을 할 수 있게 만드는 원동력이 되어준다. 그런데 왜 우리는 감정 때문에 더 많은 고통을 느끼는 것일까?

그것은 다름 아닌 우리의 발달된 '이성' 때문이다. 그리고 이성은 우리가 느끼는 감정에 대해, 더 나아가 이 감정을 느끼고 있는 자신에 대해 생각하고 평가를 내린다. 쉽게 말해, 감정 그 자체를 느끼는 것에서 그치는 것이 아니라 '지금 이 감정이 무엇인지 판단을 하는 것'이다.

'이 감정은 잘못된 감정이야.'

'이 감정 때문에 힘들어 하는 나 또한 문제가 있어.'

물론 이런 판단들은 내 감정을 제어하고 싶은 마음에서 비롯된 정상적인 반응이다. 부정적인 감정이 떠오를 때, 우리는 의식적으로든 무의식적으로든 이성을 사용해 감정을 조절하려고 한다. 하지만 감정을 조절하기 위해 떠올린 생각들이 오히려 실타래처럼 엉켜 더욱 복잡해질 때도 있다. 그러면 '이건 내 힘으로 해결할 수 없는 문제야'라는 자책으로 이어지고, 결과적으로 무력감, 낮은 자존감 등 더 심한 감정의 소용돌이에 빠지게 된다.

인간의 위대하고 정교한 이성은, 도대체 왜 '감정'이라는 녀석을 정복하지 못하는 것일까? 현재까지 밝혀진 뇌 과학을 참고하면 조금 더 쉽게 이해할 수 있다. 우리가 복잡하고 이성적인 생각을 할 때는 주로 '인간 뇌'라고 불리는 '신(新) 피질'을 중심으로 활성화되는데, 우리가 감정을 느끼고 있을 때는 신피질보다 더 원시적인 '구(舊)피질'에서도 활성화를 보이게 된다.

한마디로 감정은 이성에 비해 뇌의 더욱 뿌리 깊은 곳에서부터 일어나기 때문에, 우리 뇌의 입장에서는 이성보다 감정을 더욱 중요하게 여기고 더욱 강력하게 작용한다. 애초에 감정은 조절 가능한 대상이 아닌 것이다. 물론 심한 경우에는 약물의 도움을 받기도 하지만, 본질적으로 감정을 마음대로 제어할 수는 없다. 그렇다면, 우리는 감정을 절대로 이길 수 없는 것일까?

'감정에 이기고 진다.'
승부의 개념을 내려놓자.
감정으로부터 최대한
'자유로워지는 합의점'을 찾는다고
생각하는 것이 좋다.

감정은 기습 공격처럼 훅 들어오는 경우가 많다. 예를 들어 누군가에게 기분 나쁜 소리를 들었을 때 그 말이 사실이든 아니든 일단 기분은 좋지 않다. 또한 중요한 발표나 회의를 앞두면 갑자기 긴장감을 느끼는 것도 당연한 현상이다.

그래서 기습적으로 찾아온 감정에 대해 '내가 아픈 것은 당연한 것, 긴장하는 것은 당연한 것'이라고 받아들일 필요가 있다.

'이 감정은 나쁜 거야!' '생각해선 안 돼!' '난 도대체 왜 이러는 걸까?'와 같은 식으로 감정을 '문제'로 삼고 이성적으로 제어하려고 시도하면 더욱 감당하기 어려워지고 동시에 자신에 대한 통제감을 잃게 되면서 무력감에 빠지기 쉽다. 또한 감정을 문제라고 정했으니, 그 문제를 지니고 있는 자신을 '문제가 있는 존재'라고 생각하게 된다. 문제를 해결하기 위해 했던 노력들이 오히려 좋지 않은 결과를 가져올 수 있다는 것이다.

갑자기 파고드는 불안감, 긴장감은 일단 이미 생겨버린 감정인 것이다. 불안하고 긴장되는데 단순히 '떨면 안 돼'라고 자신에게 찾아온 감정을 부정하고 제어한다고 해서, 갑자기 마법처럼 불안이 사라지고 떨림이 사라지는 사람은 없다. 불안하면 안 된다고 생각하는데도 불안이 안 없어지니 더 불안해지고, 스스로를 더욱 나쁘게 평가하는 악순환에 빠지게 되는 것이다.

나의 불안과 긴장을
당연하게 받아들이면
오히려 자유로워진다.
불안도 긴장도
나의 소중한 감정임을.

'이 감정 때문에 힘들 때가 있는 건 사실이지만, 있어서는 안 될 일이 일어나고 있는 것은 아니야.'

'이런 감정을 느낀다고 해서 내가 잘못되거나, 비정상적인 사람이 되는 건 아니야.'

결과적으로 이런 태도를 마음속에 받아들이면, 우리는 감정으로부터 보다 자유로워진다. 자유로워지면 부정적인 감정을 현명하게 조절할 수 있다.

무기력한 마음에서
벗어나고 싶어요

─────────────────────────────────

'내 마음이 너무 힘들다고,
신호를 보내고 있구나.'
항상 다독여주세요.

#자존감 #마음돌봄 #나에게고마워

🖋️ 요즘 너무 무기력하고 아무것도 하기 싫은 마음이 자꾸 듭니다. 벗어나기 위해 노력도 해봤는데 결국 원점으로 다시 돌아오게 되더라고요. 이렇게 마냥 시간을 보낼 수 없는 상황인데 계속 이러니까 제 자신이 너무 답답하고 한심해요. 이런 무기력으로부터 어떻게 벗어나야 할지 잘 모르겠어요.

💬 최근에 힘든 일이 많이 몰려왔나 봅니다. 그동안 어떤 일들을 겪으셨는지 알려주시겠어요?

🖋️ 약 3년 동안 일한 곳에서 퇴사하고 지금은 다른 직장을 알아보고 있는 중입니다. 이전에 일한 곳에서 안 좋은 얘기를 많이 들었고 업무도 잘 안 맞는 것 같아서 다른 분야의 회사를 찾아보고 있는데, 생각보다 너무 힘드네요. 배경지식도 부족하고 나이도 많다 보니 주눅이 들고요…. 그래도 의지를 가지고 나름대로 열심히 노력해왔는데 지원할 때마다 불합격이 이어지니

까 이젠 자신감이 거의 남아나질 않아요.

정말 정성껏 준비해서 서류도 붙고 최종 면접까지 간 적도 몇 번 있었어요. 면접도 나름대로 잘 본 것 같아서 내심 기대하고 있었는데 결국 연락이 안 오더라고요. 아예 처음부터 떨어지면 차라리 타격이 덜한데, 마지막까지 갔다가 떨어지면 한동안 아무것도 손에 안 잡혀서 그냥 쉬기만 해요. 예전에는 하루 이틀 지나면 다시 털고 일어났는데 이젠 일주일이 지나고 한 달이 지나도 도저히 힘이 안 생기더라고요.

💬 이전 회사에서도 업무가 맞지 않아서 심적으로 많이 소진되셨을 텐데요. 구직 활동에서의 스트레스까지 더해지니까 마음이 감당하기가 너무 어려웠을 것 같아요.

🖋 정말 그래요. 사실 전에 다니던 회사가 처음부터 저랑 너무 안 맞았었는데요. 몇 년을 참고 참다가 퇴사를 결심한 거라서 마음이 많이 약해졌던 것 같아요. 늘 쫓기듯이 일하고 또 혼나길 지겹도록 반복했으니까…. 지금 생각해봐도 제가 그 회사에서 어떻게 버텼는지 모르겠어요.

💬 그런 환경에서 이를 악물고 버티시는 동안 내담자님 마음이 얼마나 많이 지치고 힘들었을까요…. 퇴사 후에 다 내려놓고 쉬고 싶은 마음이 들지는 않았나요?

🖋 퇴사 후에 당분간은 정말 아무것도 안 하고 쉬면서 몸도 마음도 좀 회복할 시간을 가지려고 했어요. 그런데 막상 쉬니까 몸은 편한데 마음은 편하지도 않고 불안하기만 하더라고요. 늘 정신없이 지내서 그런지 막상 생활이 여유로워지니 잘 적응이 안 되고 제 자신이 뭔가 한심해 보였어요. 그래서 충분히 쉬지도 못하고 부랴부랴 취업 준비를 시작했죠.

제 마음이 이상한 건지, 회사에서 일할 때에는 너무 힘들어서 일을 그만두고 싶다는 생각뿐이었는데 막상 일을 그만두니까 온갖 걱정이 몰려오는 거예요. 앞으로 어떻게 밥 벌어먹고 살아야 할지, 나이가 많은데 과연 취업이 잘 될지, 새로운 직장에서 적응을 잘할지…. 여러 가지 걱정들이 한꺼번에 몰려오기 시작하니까 감당하기 힘들었어요. 그래도 억지로 마음 다잡고 이곳저곳 준비해 지원했는데, 그마저도 매번 떨어지다 보니 점점 무기력해져요.

💬 이 상황들을 감당해내기가 쉽지 않았겠어요.

🪶 모르겠어요. 마냥 쉴 수만은 없는 상황인데 이러고 있으니까 계속 불안하고 무언가 다시 시작할 마음이 정말 하나도 안 생겨요. 그렇게 아무것도 안 하고 폰만 보다가 하루가 다 지나고 나면 내가 진짜 한심하다는 생각이 막 밀려와요. 내일부터는 진짜 제대로 마음잡고 열심히 살아보자고 다짐을 해도, 다음날이 되면 똑같은 일상이 반복됩니다.

이제까지 이렇게 무기력한 적은 제 기억으로는 한 번도 없었어요. 남들이 저를 보면 진짜 열심히 산다는 얘기를 많이 했었거든요. 그런데 지금 저는 남들이 보기에도 그냥 게으르고 나태한 사람인 것 같아요. 도대체 제가 왜 이러는 건지 너무 답답해요. 어떻게 하면 이 상태에서 벗어날 수 있을까요?

💬 감정은 마음이 보내는 신호와 같아요. 그중 무기력은 마음의 에너지가 소진되어서 더 이상 앞으로 나아갈 힘이 없을 때 나에게 휴식과 회복이 필요하다는 것을 알리기 위해 만들어내는 감정이에요.

가령 마라톤 선수가 달리기 연습을 하고 있는데 코치가 그 선수의 체력을 고려하지도 않고 계속해서 뛰도록 요구를 하는 거예요. 그러면 그 선수는 어느 정도까지는 힘들어도 이를 꽉 물고 버티겠지만, 결국에는 자신의 한계점에 도달하고 넘어지게 되고 한동안은 다시 일어날 힘이 생기지 않을 거예요. 왜냐하면 힘을 다 써버린 상태니까요. 그래서 조금만 쉬고 싶다고 더 이상 힘들다고 코치에게 외칠 거예요. 그런데 만일 그 모습을 본 코치가 "너는 왜 그것밖에 못하니?" "왜 이렇게 약해?" "얼른 일어나서 다시 달려!"라고 선수를 더 다그친다면 어떻게 될까요? 그 선수는 일어나기 힘든 것을 넘어서서 더 이상 달리고 싶지 않은 마음까지 들 수 있겠죠.

우리는 때로 자신을 쉬지 않고 몰아붙이기도 해요. 어느 정도까지는 버티겠지만 나의 한계점을 넘어서는 시점에서는 쓰러질 수밖에 없어요. 그때 마음은 무기력이라는 감정을 통해 더 이상은 힘들다고 신호를 보내며, 아무것도 하지 못하게 나에게 소리쳐요. 그런데 우리는 이제까지 그런 나의 모습을 보지 못했으니까 무척 당황스럽기도 하고 수치스럽기도 해서 그런 자신을 더욱 다그치고는 하죠. 그러면 무기력을 넘어서 어떠한 노력도 하길 거부하는 마음까지 생기게 됩니다.

제가 늘 그랬던 것 같아요. 무기력한 제 모습이 너무 싫어서 어떻게든 벗어나기 위해 저를 다그치기만 했어요. 사실 생각해보면 지금까지 제대로 마음 편하게 쉬어본 적이 한 번도 없었죠. 늘 불안에 쫓겨서 정신없이 달려오다 보니까 저도 모르게 제 자신을 한계 이상으로 몰아세웠는지도 모르겠네요.

무기력은 회복이 필요하다는 마음의 신호이기 때문에 그 메시지를 잘 받아들이는 것이 중요해요. 우리가 누군가에게 신호를 보낼 때 그것이 상대방에게 잘 전달되지 않는다면 더 강하게 그리고 더 많이 신호를 보내게 되잖아요? 마찬가지로 무기력한 감정을 억누르거나 무시하려 할수록 무기력함이 더욱더 커질 거예요.

그러니 무기력이 찾아올 때 '내 마음이 너무 힘들다고, 이제 쉬고 싶다고 신호를 보내고 있구나' 하고 알아주세요. '그래, 이제까지 정말 열심히 달려왔는데 많이 지쳤겠다. 조금 쉬면서 회복하고 나서 힘이 생기면 그때 다시 달려보자'라고 마음을 다독여주세요. 그러면 마음은 안심하고 회복하길 시작할 거예요. 신호가 잘 전달되었으니 마음은 무기력을 더 이상 만들어낼 필요가 없어지고, 다시 달릴 수 있는 에너지가 서서히 생겨날 겁니다.

🖋 감정을 마음의 신호라고 생각해본 적이 한 번도 없었는데, 새로운 관점이네요. 이제 어떻게 해야 할지 조금은 알 것 같아요.

💬 인생의 여정에서 우리의 마음은 어쩌면 코치보다는 페이스메이커를 더욱 필요로 하지 않을까 싶어요. 힘든 시기를 겪을 때 자신을 채찍질하고 다그치는 게 아니라 함께 뛰며 응원하고 힘을 보태주기를 마음은 더욱 바랄 테니까요.

지금까지 그 누구보다 정말 열심히. 죽을힘을 다해 잘 달려오셨어요. 어떻게 보면 무기력증을 느끼는 지금이 인생에서 새로운 전환점이 될 수 있는 시기라고 생각합니다. 그렇기에 더더욱 쉽지 않겠지만 인생의 새로운 챕터로 나아가는 발걸음을 진심으로 응원합니다.

억지로
애쓰지 않아도 괜찮아요

'내년엔 꼭 공무원 합격해야 하는데….'

'오늘도 공부 안 한 내가 너무 싫다.'

무기력에 한 번도 빠져보지 않은 사람이 과연 있을까? 누구나 무기력에 빠질 수 있으며 이는 잘못된 것이 아니다. 하지만 무기력이 우리를 힘들게 만드는 건 사실이다. 자신이 정한 목표가 있는데, 무기력에 빠져 아무런 진전이 없으면 우리는 자연스럽게 마음이 초조해진다. 마음속으로는 목표를 향해 달려야 된다고 자꾸 몰아붙이지만, 몸은 꿈쩍도 하지 않는다. 이것만큼 답답하고 힘든 일이 또 있을까?

가벼운 무기력은 누구든지, 어느 상황에서나 발생할 수 있고 금방 괜찮아질 수 있다. 하지만 지독하게 깊은 무기력은 마치 출구가 없는 동굴에 갇혀버린 느낌이 들게 하고, 곧 슬럼프와 우울증으로 이어지기도 한다. 이 '출구 없는 동굴'을 벗어나기 위해 우리는 나름대로의 노력을 한다.

'빨리 해야 하는데.'

바로 마음속으로 자신을 몰아붙이는 일이다. 어떤 고민이나 갈등을 겪을 때 우리는 '다 내 탓이야' '내가 부족해서 그래'라는 식으로 자기 자신을 탓하는 것에 익숙해져 있다. 그래서 우리는 의식적으로든 무의식적으로든 해야 할 일이 생기면 자연스럽게 '해야 한다'는 신호를 스스로에게 보내기 시작한다. 하지만 무기력해진 상황에서는 이 '해야 한다'라는 생각이 오히려 우리를 더욱 무기력하게 만들 확률이 매우 크다는 것을 기억해야 한다.

무기력한 자신과,
평소의 자신은 엄연히 다르다.

무기력은 휴식이 필요하다는 인체의 신호일 수도 있고 그 외 여러 가지 원인으로 발생할 수 있다. 하지만 원인이 어떻든 결과적으로 무기력한 상황에 일단 빠져들면 스스로에 대한 통제력이 평소보다 훨씬 낮아지게 된다. 이러한 상황에 '해야 돼!'라고 스스로를 통제하려 들면 당연히 잘 통하지 않고, '해야 한다는 생각'과 '무기력에 빠져 실천하기 힘든 상황' 사이에 놓인 자신과의 대립과 부조화가 일어난다. 그러면 결국 또다시 평소 같지 않은 자신에게 실망하게 된다.

'나는 게으른 사람인가 봐.'

'내가 너무 한심해.'

이런 생각은 감정 소모와 자존감 저하를 일으키고 목표를 향해 달리는 데 써야 할 에너지를 더욱 고갈시킨다. 예전에는 어느 정도 참고 넘길 수 있었던 '나에 대한 압박'이 무기력한 상태에서는 스스로에 대한 통제력을 잃게 하고 점점 더 깊은 우울감에 빠지도록 악순환을 일으키는 것이다.

그렇다면 무기력에서 벗어나 실천하고 행동하게 만드는 방법은 무엇일까? 사실, '어떻게 하면 무기력에서 벗어나 행동에 돌입할 수 있을까?'에 초점을 맞추는 것보다 오히려 어떻게 하면 '해야 한다는 생각에서 벗어날 수 있을까?'에 초점을 맞추는 것이 무기력에서 빠져나오는 데 훨씬 더 도움이 된다.

'해야 한다'는 생각과 압박에서
벗어날 수 있는 방법은
바로 '하지 않아도 괜찮아'라고
스스로에게 말해주는 것이다.

물론 이런 태도를 지니는 것은 결코 쉽지 않다. 자신의 꿈, 목표, 현실적인 상황 등이 발목을 잡기 때문이다. 하지만 영원히 '하지 않아도 괜찮다'고 생각하라는 것은 아니다. 요점은 적어도 무기력에서 벗어날 때까지는 '해야 한다'는 생각을 내려놓는 것이다. 무기력이 느껴지는 초기에 '해야 한다'는 강박을 내려놓으면 더 열심히 안 하게 되고 더 무기력해질 것 같지만, 사실 오히려 자신을 압박할 때보다 긍정적인 결과를 불러온다.

자신을 압박하는 마음을 바꾸지 못하고 조급해하며 마음 편히 쉬지도 못한다면 또다시 아무것도 안 했다는 좌절감에 빠지기 쉽다. 그러면 다시 무기력은 더욱 커지고 같은 고민과 문제를 반복하게 된다. 하지만 목표를 향해 달릴 원동력은 아직 생기지 않았지만, '하지 않아도 괜찮아. 잠시만 쉬어가자'는 생각으로 압박을 내려놓는다면 어떻게 될까? 이 시간을 무기력이 아닌 휴식으로 생각한다면 다시 마음의 여유가 생길 것이다. 사소한 발상의 전환이 때로는 인생을 바꾸기도 한다.

이외에도, 동기부여 되는 글이나 영상을 본다든지 자신을 이끌어줄 코치나 선생님을 찾는다든지 개인의 취향이나 처한 상황에 따라 본인에게 도움이 될 수 있는 다른 방법을 찾아보는 것도 좋다.

무기력에 빠지는 것은
잘못된 것이 아니다.
누구나 크고 작은 무기력을 경험하며,
무기력에 빠진 자신에게
실망할 필요도 없다.
무기력은 휴식이 필요한 몸과 마음이
나에게 보내는 일종의 신호일 수 있다.
당황하지 말고,
무기력에 빠진 자신을
부정적으로 생각하지 않는 것이 중요하다.

해야 한다고 자신을 압박하는 것이 통하지 않을 정도로 무기력이 심하다면, 역설적이겠지만 오히려 '안 해도 괜찮아'라고 스스로에게 끊임없이 말해주자. 이런 태도를 지니는 것이 생의 활력, 행동의 원동력을 다시 찾게 해주는 데 더 도움이 될 수 있다는 사실을 진심으로 깨닫기를 바란다.

나쁜 기억과 생각을
떨쳐버리지 못하겠어요

부정적인 생각에 대해

내가 책임지지 않아도 괜찮아요.

떠오르면 떠오르는 대로 두세요.

#감정다스리기 #받아들임 #오늘을살자

작년에 공무원 시험 준비를 시작할 때부터 생각하고 싶지 않은 것들이 자꾸 머릿속에 떠올라서 걱정이에요. 예를 들면 공부하다가 갑자기 오늘 눈 마주쳤던 사람이 인상을 찌푸린 일이 떠오르면서 '그 사람이 왜 그런 표정을 지었지?' '나를 일부러 방해하려고 그랬나?' 이런 생각이 들어요. 아니면 유독 공부가 안 되던 날에 "올해는 붙기 어렵겠다"라는 말을 무심결에 내뱉었는데, 어디선가 말이 씨가 된다는 얘기를 듣고 난 후로 공부가 안 될 때마다 '내가 그때 그 말을 해서 그런가?' 하는 걱정도 들기도 하고요.

말이 안 되는 생각인 줄 알면서도 도저히 멈추질 못하겠어요. 한참을 곱씹다 정신을 차리고 보면 시간만 한참 지나 있어요. 제 자신이 너무 답답해요. 생각을 안 하려고 애를 쓰면서 다시 공부에 집중하려고 해도 어느새 또 생각에 빠지게 되고. 이런 상황이 몇 달째 계속 반복되고 있어요.

하루에도 우리의 머릿속에는 수만 가지 생각이 들어왔다가 나가요. 그런데 그중 대부분의 생각은 내가 만들어낸 것이 아니라 나의 의지와 상관없이 그저 나에게 찾아온 것이죠. 우리의 의지로 하는 생각은 그중 10%도 채 되지 않을 거예요. '이러이러한 생각을 해야지'라고 마음먹고 생각이 떠오르는 경우는 거의 없으니까요.

만일 내가 어떠한 생각을 의도적으로 만들어내지 않았다면, 그 생각에 대한 책임을 내가 지지 않아도 괜찮아요. 공부하다가 잡념이 들어오는 것도, 아까 말씀해주신 그런 이상한 생각들이 떠오르는 것도 혹은 설사 이 자리에서 말하기 어려운 이상한 생각이 떠오른다 할지라도, 내담자님에게 문제가 있거나 병이 생겨서 그런 것이 결코 아니에요. 내담자님이 당면한 상황이나 과거의 경험들을 바탕으로 머릿속에 자연스럽게 떠오르는 것일 뿐이니까요.

저는 제가 공부 때문에 스트레스 받아서 머리가 이상해진 건 아닌가 걱정했거든요. 상담자님 말씀을 들으니까 마음이 조금은 편해지네요. 생각해보니 그런 생각들을 제가 만들어낸 것도 아닌데 제 책임으로 생각했던 것 같아요.

그런데 한 가지 궁금한 점이 있는데, 저한테 유독 이런 잡념이나 제가 원하지도 않는 생각들이 자주 들어오는 이유는 뭘까요? 남들은 잡생각을 하더라도 저처럼 이렇게 하루 종일 되새기지는 않을 것 같아서요.

💬 내가 만들지 않은 생각에 대해서는 나에게 책임도 없을뿐더러 그것을 통제할 능력 또한 없어요. 그런데 만일 우리의 능력을 넘어서는 것임에도 불구하고 생각을 계속해서 통제하려고 한다면, 즉 생각을 억누르거나 회피하려고 한다면 우리는 오히려 그 생각에 더 신경이 곤두서게 돼요. 그래서 그냥 흘려보낼 수 있는 생각이 오히려 더 자주 머릿속에 떠오르게 되는 거죠.

지금 시험을 준비하는 급한 상황이다 보니 내담자님께서 공부에 방해되는 요소로부터 자신을 지키려는 마음이 강하게 있는 것 같아요. 그렇기에 생각을 통제하려고 애쓰게 되고, 그것이 내담자님을 더 예민하게 만들지 않았을까 싶어요. '생각은 그저 내가 당면한 상황이나 과거의 경험들을 바탕으로 머릿속에 자연스럽게 떠오르는 것'이라는 사실을 기억하기만 해도 한결 자유로워질 수 있을 거예요.

기억을 받아들이면
감정은 희미해질 거예요

　　우리의 머릿속엔 셀 수 없을 정도로 많은 서랍장이 들어 있다. 우리는 지금 이 순간에도, 보고 느끼는 모든 찰나의 순간들을 기록하고 저장함과 동시에 이전에 경험했던 수많은 기억들을 다시 사용하고 있다. 심지어 그 기록 하나하나엔 단순히 시각적인 부분을 넘어서 감각(청각, 후각, 촉각, 통각 등)과 감정(불안, 우울, 공포, 짜증, 행복, 웃김 등), 그리고 다른 기억들까지 연결돼 복잡한 시스템을 이룬다. 아마 우리의 기억을 하드디스크로 이식할 수 있는 기술이 생긴다면 시중의 하드디스크의 용량으로는 어림도 없을 것이다.

　　단 1kg 정도에 불과한 우리의 작은 뇌에서 보여주는 이 경이로운 기억 저장 능력은 현대과학으로도 그 작용 메커니즘을 정확히 밝혀내지 못하고 있다. 이는 '뇌는 작은 우주다'라는 말을 실감나게 만드는 대목이다. 우리 뇌에서 기억에 관여하고 있는 약 천억 개의 수많은 뉴런, 이 경이로운 세포들의 도무지 이해할 수 없는 상호 작용으로 인해 우리는 순간의 경험을 저장하고 저장된 기억을 느낀다. 이렇듯 인간의 기억 작용은 클릭 한 번에 삭제 기능을 발휘하는 컴퓨터의 작용과는 전혀 다르다. 그렇다면 우리는 힘든 기억으로부터 영원히 자유로워질 수 없는 것일까? 다행히도 그렇지 않다.

우리가 기억으로 인해
힘들어지는 이유는
기억 그 자체 때문이 아니다.
바로 기억과 연결되어 있는
'감정' 때문이다.

굉장히 고통스러운 시각적 기억을 머릿속에 가지고 있다고 하더라도 아무런 감정을 느낄 수 없다면, 고통스러울 이유가 없다. 대개의 경우 고통스러운 경험의 강도가 높아질수록 더욱 강한 감정이 연결된다. 1차원적으로 하나의 감정만 연결되는 것이 아닌 불안, 공포, 분노, 역겨움, 슬픔 등 여러 감정을 동시에 느낄 수도 있고, 심지어는 기쁨과 슬픔처럼 서로 반대되는 감정을 동시에 느낄 수도 있다. 이렇게 기억과 감정은 '복잡하게 얽혀진 거미줄'과도 같다. 그렇다면 우리는 감정과 기억을 분리시킬 수 있을까?

우리는 '기억' 능력만큼
뛰어난 '망각' 능력도 지니고 있다.

망각이란 시간이 지남에 따라 기억정보를 점점 회상하기 어려워지는 현상이다. 즉, 안 좋은 기억도 시간이 지남에 따라 점점 약해져 고통에서 벗어날 수 있다는 것이다. '시간이 약이다'라는 말처럼 우리를 직접적으로 힘들게 만들었던 기억과 연결된 감정 또한 점점 약해진다.

하지만 예외의 경우가 있다. 너무 강렬한 기억은 시간이 지나도 희미해지지 않을 수 있다. 자꾸만 머릿속에서 되새김질 하면서 오히려 선명해지기도 한다. 아무리 시간이 약이라고 하더라도 그 순간이 너무 힘들 때도 많다.

이럴 때 우리가 스스로를 위해
주도적으로 할 수 있는 유일한 방법은
바로 '기억에 대한 태도'를 바꾸는 것이다.

우리는 좋지 않은 기억을 가지게 되면, 그 기억이 떠오를
때 본능적으로 그 기억을 밀어내려고 한다.

'내 머릿속엔 이런 기억을 가지고 있으면 안 돼.'

'이 기억을 떠올리면 안 되는데 또 떠올리고 있잖아.'

그 기억을 지니고 있는 자신을 받아들이지 못하는 것이다.
물론 이런 생각은 아주 자연스러운 것이다. 누구나 싫은 게
있으면, 피하고 싶다는 생각이 먼저 떠오르게 정상이다. 하
지만 문제는 이런 태도가 기억을 없애는 데 전혀 도움이 되
지 않는다는 것이다.

오히려 이런 태도는 기억이 떠오르는 자체를 두려워 하는
감정을 새롭게 만들어내고, 그 두려운 감정은 다시 기억을
떠오르게 하는 데 도움을 줄 뿐이다. 또한 아무리 노력하고
발버둥 쳐도 컴퓨터처럼 쉽게 삭제되지 않는 자신의 기억을
보면서, 결과적으로 자신을 아무것도 할 수 없는 무능한 사
람이라고 탓하게 된다. 전체적인 심리 작용이 계속해서 부정

적인 쪽으로 기울게 되는 것이다. 이처럼 기억을 밀어내려고 하는 태도는 좋지 않은 기억 하나로 인해 우리가 받게 될 부정적 영향을 넘어서서 자존감의 저하, 새로운 불안 등 더 좋지 않은 것을 추가시킨다.

그렇다면 밀어내고 거부하는 대신, 우리가 할 수 있는 것은 단 하나다. 그것은 바로 기억 그 자체를 받아들이는 것이다. 또한 그 기억을 컨트롤하지 못하는 것은 너무나도 당연하며, 나 자신이 무능한 존재가 아니라는 것을 기억해야 한다. 앞부분에서도 설명했듯이 기억과 관련된 과정은 미지의 영역이며 이성적으로 접근할 수 없다. 자신을 더욱 힘들게 만들었던 기억을 없애야 한다고 생각하지 말고 오히려 이런 태도로 바꾸면 좋다.

'내 머릿속에 있는 이 기억과 어떻게 하면 잘 공존하면서 지낼 수 있을까?'

'기억이 떠오르는 그 순간은 힘들 수도 있겠지만, 그렇다고 기억 때문에 힘든 내가 무능한 것도 아니고, 잘못된 것도 아니야.'

받아들인다는 것은 더욱 힘들어지는 것을 의미하는 것이 아니다. 더욱 자유로워질 수 있는 여유의 공간이 생긴다는

것을 의미한다. 단어 자체는 '받아들임'이지만 오히려 신경
써야 될 부분이 '비워지는 것'이다. 과정과 상관없이, 어쨌든
우리의 목표는 자유로워지는 것이다. 그리고 우리는 해낼 수
있다.

기억은 기억일 뿐이고,

과거일 뿐이다.

그리고 우리의 앞날은

현재의 자신만이

만들어나갈 수 있다.

진심으로 기억을 받아들이는 태도를 가질 수 있다면, 우리
를 힘들게 만들었던 기억 자체는 쉽게 없어지지 않을지라도
그 기억과 연결된 감정은 희미해진다. 그러면 우리는 결국
자유로워지게 될 것이다.

과거의 상처가 떠올라도
지금의 나는 흔들리지 않아요

누군가에게 상처받거나 나쁜 기억에 괴로워할 때 주변 사람들은 흔히 "별일 아니야. 그냥 잊어버려"라고 말하고는 한다. 이런 말들은 위로가 되기는커녕 오히려 우리 마음을 더 속상하게 만들 때가 많다. 신경을 안 쓴다는 것이 결코 말처럼 쉽지 않기 때문이다. 왜 우리 뇌에는 컴퓨터처럼 삭제 버튼이 없는 건지, 왜 상처받은 기억은 자주 떠오르는 건지 야속할 때가 많다.

우리의 뇌는 마치 청개구리처럼 "생각하지 말라!"는 명령을 받으면 오히려 생각을 더 많이 하는데, 이러한 현상을 심리학에서는 '사고억제의 역설적 효과'라고 부른다. 이런 현상이 나타나는 이유는 "생각하지 말라"는 말 속에는 경고의 의미가 담겨 있기 때문에 뇌가 '자주 떠올려야 할 중요한 정보'로 인식하기 때문이다.

그렇다면 오히려 반대로 뇌에 "생각해도 괜찮다!"는 명령을 주면 어떻게 될까? 놀랍게도 괜찮다는 말은 경고가 아닌 안심을 의미하기 때문에, 뇌는 그 생각을 '크게 중요하지 않은 정보'로 인식하게 된다. 그러면 시간이 지나 자연스럽게 나쁜 생각이 잊혀진다.

만약 당신이 어떤 기억이나 생각으로부터 괴로움을 느낀다면, 그것이 떠오르는 순간 스스로에게 말해보자.

"비록 그때의 상처와 감정이
나를 힘들게 하지만,
생각나도 괜찮아."

처음에는 그 기억을 억누르거나 회피하고 싶은 마음이 생길 수 있다. 하지만 내 마음에게 지속적으로 이 메시지를 보내준다면, 어느새 생각으로부터 자유로워진 자신을 발견하게 될 것이다.

지난 선택에 대한 후회가
저를 짓눌러요

후회가 아니라,
더 나아가기 위해
준비하는 시간임을 기억해요.

#후회해도괜찮아 #다독이기 #자기돌봄

앞으로 무슨 일을 하며 살아야 할지 잘 모르겠어요. 워낙 요즘 취업이 어렵다는 얘기를 많이 듣다 보니 마음은 급해지는데 갈피를 잘 못 잡겠어요. 배우고 있는 전공도 저랑 잘 안 맞는 것 같아서 공부가 손에 잡히지 않고, '도대체 내가 여기서 뭘 하고 있는 걸까' 이런 생각만 계속 들어요. 다른 사람들은 자기 길 잘 찾아서 가는 것처럼 보이는데, 뭔가 저만 아직까지 방향을 못 잡고 방황하는 것 같아요.

예전에는 이런 고민을 같이 할 친구들이 주변에 몇 명 있었는데, 대학교에 들어와 자주 못 만나게 되면서 점점 멀어지게 됐어요. 계속 연락을 이어갔어야 했는데 제가 누군가에게 먼저 연락을 잘 안 하는 편이라 친구를 하나둘씩 잃어가는 느낌도 들어요.

아무리 생각해봐도 지금은 정말 답이 없어요. 인간관계도 그렇고 진로 문제도 그렇고. 어쨌든 제가 내린 선택으로 인한 결과니까 요즘은 그냥 후회만 들어요. 그때 조금 더 고민해서 학과를 정해야 했었는데, 인간관계에서도 좀 더 적극적으로 행동을 했어야 했는데, 왜 그땐 그걸 몰랐을까. 왜 그러질 않았을까. 이렇게 계속 과거의 일만 곱씹고 있어요.

💬 대학교에 진학한 후 생긴 진로 고민은 고등학교 시절에 했던 것과는 또 다른 어려움일 테죠. '어떻게 돈을 벌어서 먹고살지?'와 같은 현실적인 문제가 성큼 다가오고, 그것에 대한 대책안이 확실하지 않을 때 심리적으로 받는 압박감도 굉장히 크니까요.

더욱이 주변 사람들에게 이런 고민을 털어놓기도 어려운 상황이라 그동안 혼자 고민하는 동안 마음고생이 정말 크셨을 것 같아요. 의도하지 않아도 다른 사람들과 나를 자꾸 비교하게 되고, 그럴 때마다 내가 잘못되었다는 느낌이 엄습할 텐데 이걸 혼자서 떨쳐내기는 정말 쉽지 않죠. 오히려 그 느낌에서 헤어나오려 하면 할수록 부정적인 생각이 꼬리에 꼬리를 물고 늘어져, 이제는 진로 문제를 넘어서 인간관계나 나의 삶 전반에 있어서 회의감이 생겼지 않았을까 싶어요.

✍️ 맞아요. 요즘 무기력하고 모든 일이 부질없이 느껴져요. 계속 잠만 자게 되고요.

(99) 내가 잘못되었다는 느낌은 마치 늪과 같아서 일단 빠지게
되면 그곳에서 헤어 나오려 발버둥 칠수록 더욱 깊이 들어가게
돼요. 아무리 긍정적으로 생각하려 해도 나를 비난하는 목소리
가 다른 한편에서 나를 끌어내리고, 미래를 향해 나아가려고 해
도 과거의 일들이 계속 떠오르면서 후회나 자책감이 생겨나니
까요.

더욱 안타까운 것은 그 느낌에서 헤어 나오려는 시도를 반복하
다 좌절하면 '아무리 노력해도 이 상태에서 벗어날 수가 없구
나'라고 무력감까지 겹치게 된다는 사실이에요. 내가 잘못되었
다는 느낌과 나는 아무것도 할 수가 없다는 무력감까지 나를 짓
누르면 우리는 결국 자포자기 상태에 다다르게 되죠.

(🍃) 정말 언제부터인가 무력감이 느껴져요. 아무리 애써도 나
아지질 않으니까 그냥 포기하고 싶다는 마음도 조금씩 들고요.
그럼 이 상태에서 어떻게 나올 수 있을까요?

(99) 늪에서 빠져나오기 위해서는 발버둥 치는 걸 멈추는 것
과 동시에 붙잡고 올라갈 수 있는 밧줄이 필요하잖아요. 마찬가
지로 마음이 슬럼프에 빠져 있을 때에는 내 마음을 따뜻하게 공

감하고 내가 잘못된 것이 아니라고 말해주는, 마치 밧줄과 같은 누군가가 필요해요.

내담자님의 이야기를 들으면서 그동안 그 누구보다 깊이 고민하고 노력하셨다는 것을 느낄 수 있었어요. 과거에 내렸던 선택이 지금 돌아보면 후회될 수 있지만, 그때 그 선택을 내리기 전까지 내담자님은 분명 깊이 고민하셨을 거예요. 그 나름의 충분한 이유가 있지 않았을까 싶어요.

진로나 인간관계에서의 고민은 쉽게 헤쳐 나갈 수 있는 것이 결코 아니지요. 직접 경험하기 전까지는 자기에게 맞는 전공이 무엇인지 확실하게 알기란 정말 어렵고, 인간관계에서 적극적인 태도를 가지는 것도 그것이 익숙하지 않은 사람에겐 결코 쉽지 않은 일이니까요.

🖋 제가 그동안 잘못 살아온 건 아니겠죠?

💬 네, 전혀 그렇지 않아요. 지금 겪고 있는 슬럼프는 과거의 잘못으로 인한 결과이기보다는 그동안 혼자서 무거운 짐을 오랫동안 짊어지고 있었다는 것을 말하고 있으니까요.

다행이에요. 슬럼프가 아니라 변화의 시기라고 생각해야겠어요.

누구나 깊은 고민과 고독에 빠져들 때가 있는데, 그때가 인생의 새로운 챕터로 나아가기 위해 재정비하는 시기라고 하더라고요. 이 시기에 내가 몰랐던 나의 모습들을 다시 돌아보고 미처 알지 못했던 것을 깨달으면서 새로운 에너지를 얻기도 하니까요.

너무 자책하지 마시고 부모님이나 주변 사람들에게 휴학에 대한 고민을 한번 이야기해보는 것도 좋을 것 같아요. 재정비할 시간이 필요하다고요. 인간관계에서도 조금 더 적극적일 필요도 있을 것 같네요. 쉽진 않겠지만 하루하루 천천히 달라질 거예요. 앞으로 맞이하게 될 새로운 발걸음을 진심으로 응원할게요.

스스로에게
너무 많은 과제를 주지 마세요

    학생 시절에는 빨리 어른이 되고 싶어 했다. 어른이 되면 지긋지긋한 등교와 입시 준비도 끝이 나고 내가 좋아하고 하고 싶었던 일들을 누릴 수 있다고 생각했기 때문이다. 하지만 막상 나이가 들어 보니, 어릴 때는 미처 몰랐던 수많은 압박들이 우리를 기다리고 있었다. 자신의 위치에서 생겨나는 여러 가지 책임들, 경제적 안정성을 위한 고군분투, 사회로 나가면서 새롭게 생기는 인간관계 갈등 등 특히 요즘 20~30대들은 취업난으로 인해 더욱 심한 압박을 느끼는 것 같다.

    이런 모든 것들을 이겨내는 '참 어른'이 되길 기대하는 주위 사람들의 시선들 때문에 겉으로는 어른이 되려고 애써보지만, 마음은 자꾸 어린아이가 되어간다. 불안하고 도망가고 싶고 모든 걸 내려놓고 싶을 때가 많아진다. 이럴 땐 어떻게 마음을 다스리는 게 조금이나마 도움이 될까?

우선 가장 중요한 것은 자신을 탓하지 않는 것이다.

'나에게 문제가 있나 봐. 남들은 다 잘해내는데 난 왜 이렇게 버티기가 힘들까?'

자신을 탓하기로 마음먹은 순간, 어느새 상황이 더 나아지기 위해 썼던 에너지들을 자신을 문제 삼고 자신의 자존감을 깎아내리는 생각을 하는 데 쓰게 된다.

> 당신의 문제가 아니다.
> 당신이 약한 사람이기 때문도 아니다.
> 당신이 지금 힘든 것에는
> 충분히 그럴 만한 이유가 있다.
> 이유 없이 힘든 것은 없다.

이 태도는 매우 중요하다. 일단 자신을 탓하지 않는 태도를 가져야 스스로 상황을 더 악화시키는 것을 방지하고, 점점 더 나아지는 데 쓸 수 있는 기력을 남겨둘 수 있다. 자신을 탓하지 않기로 했다면, 이젠 어떻게 해야 할까? 그건 바로 조급함을 조심하는 것이다.

'아, 빨리 취업하고 자리 잡아야 되는데.'

'내년 안에는 무조건 결혼해야 되는데.'

우리는 보통 나이가 쌓여감에 따라 마음도 같이 조급해진다. 적절히 불안해하고, 적절히 자신을 조여 매는 것은 자신을 계속해서 앞으로 나아가게 하는 힘이 된다. 해야 할 일이 있다면 노력해야 한다. 현실을 아예 무시할 수는 없기 때문이다.

하지만 조급함이 통하지 않을 때가 있다. 이럴 때 계속 해야 한다는 생각에 매이면 몸은 멈춰 있는데 마음만 조급해하는 상황, 즉 무기력에 빠지게 된다.

조급해지면
실행하기 더욱 힘들어지고
불안이 쌓여만 갈 뿐이다.
차라리 현재 상황을 받아들이고
무기력이 조금 가라앉을 때까지

편히 쉬는 시간을 가져야
더 빨리 의욕을 되찾을 수 있다.

의욕을 되찾았다면 자신의 위치에서 책임져야 할 일, 해야할 일들을 잘 선별하고, 그것들을 위해 조금씩 노력하면서 천천히 나아가자. 이것만 해도 무척 잘하고 있는 것이니, 조급해하지 말고 스스로에게 너무 많은 과제를 부여하지 말기를 바란다.

마지막으로 나이가 들어가면서 되돌릴 수 없는 젊음이 이제 지나가버렸다는 생각 때문에 아쉬울 수 있다. 하지만 나이가 들어야만 생길 수 있는 경험과 지혜, 그리고 노련함은 결코 무시할 수 없는 힘이다. 1930년대에 태어나 40대의 나이에 영화감독을 시작해 꾸준히 활동했던 클린트 이스트우드는 70세가 넘는 나이에 〈밀리언 달러 베이비〉, 〈그랜 토리노〉 등 명작들을 쏟아냈고, 영화계의 거장으로 꽃을 피웠다. 또한 노벨상 등 위대한 업적을 남긴 이들은 대부분 오랜 연륜을 쌓은 사람들이었다. 연륜이 지닌 힘들은 당신의 남은 인생을 보다 풍부하고 새롭게 이끌어줄 수 있을 것이다.

행복을 지속적으로
자주 느끼는 방법

1세기 전에 살던 사람들이 우리의 삶을 들여다본다면 우리에게 분명 이런 말을 할 것이다.

"너희는 정말 행복한 곳에서 살고 있구나."

하지만 현시대의 많은 사람들은 이렇게 대답할 것이다.

"아니요, 저희는 행복하지 않습니다. 당신들보다 더 많은 것을 누리고 있는데도, 왜 저희는 더 행복하지 않은 걸까요?"

도대체 왜 우리는 계속해서 발전하고 많은 것들을 누리고 있는데도 그만큼 더 행복하지 못한 것일까? 그 이유는 바로 많은 것을 가지고 누리는 것과 인생의 전반적인 행복을 높이는 것에는 절대적인 관계가 없기 때문이다. 물론 많은 것을 누리면 그 순간은 행복감을 경험할 수 있다. 예를 들어 로또 1등에 당첨된다면 누구나 행복한 감정을 느낄 것이다. 하지만 그 행복감이 계속해서 지속된다는 보장은 없다.

나는 행복이라는 개념을 '수동적인 행복'과 '능동적인 행복' 크게 두 가지로 분류해보고자 한다. 수동적인 행복은 앞서 언급한 로또의 예시처럼 자신이 원하던 외부의 조건이 갖추어질 때 느껴지는(또한 우리의 쾌감과 행복감에 관여하는 세로토닌, 도파민, 엔돌핀과 같은 신경전달물질의 작용에 크게 의존하는) 단기적인 형태의 행복이다. 다르게 말해 자극이나 외부의 조건이 갖추어졌는지 여부에 의존하고, 외부의 조건이 갖추어진다고 하더라도 오래가지 않는 행복감이다. 왜냐하면 우리의 신경전달물질은 내성(동일한 용량의 약물 투여에 그 효과가 점점 감소하는 현상)과 같은 특성을 지니고 있어서, 동일한 행복감을 유지하기 위해서 필요한 조건이 점점 더 올라가는 경향을 띤다. 내기에서 만 원을 처음으로 얻었을 때의 자동적인 쾌감과 행복감을 다시 느끼려면 그 다음 내기에선 2만 원을 얻어야 되는 식이다.

외부의 조건에만 의존해서

지속적인 행복을 얻는 일은
갈수록 높아지는 조건과 기준을
끊임없이 이루어야 하기 때문에
결코 쉽지 않다.

그래서 우리는 두 번째 행복의 형태인 능동적인 행복에 관심을 가져볼 필요가 있다. 능동적인 행복은 외부의 조건을 자신의 행복을 위한 절대적인 기준과 척도로 두지 않고, 스스로의 마음가짐과 태도의 변화를 통해 능동적으로 이끌어내는 행복을 뜻한다. 능동적인 행복은 수동적인 행복에 비해 의식적인 노력이 필요한 편이다. 우리 마음속의 기대치와 욕심을 한번 낮추어보거나 혹시나 익숙해서 잊고 있던 감사할 일들이 지금 내 곁에 있지는 않을까 돌아보는 일 등 자신만의 노력을 통해 수동적인 행복에 비해 더 빈번하게, 더 지속적으로 더 능동적으로 인생의 행복을 찾아가는 일이다.

'정신 승리'로 보일 수도 있지만, 단지 행복의 기준을 남들과 다르게 '주관적'으로 해석하고 바라보려는 시도인 것이다. 일상의 더 많은 부분에 대해서 감사함과 행복함을 느끼려고 노력하는 것이며, 현실을 왜곡하는 게 아니라 마음을 다르게 갖는 것이다.

그런데 인간은 보이지 않는 것보다는 명확하게 눈에 보이는 것에 더 신경 쓰고 집중하곤 한다. 수동적인 행복은 외적 조건만 충족되면 자동적으로 뒤따르지만 능동적인 행복은 후천적인 깨달음과 의식적인 노력이 필요하다. 그래서 익숙하지 않다. 이런 이유로 많은 이들이 자신의 내면을 의식적으로 들여다보고 바꾸기보다, 외부의 조건을 바꾸는 데 더욱 노력하게 된다.

물론 이런 수동적인 행복도 우리에게 필요한 행복의 한 형태이다. 자신이 세운 목표와 기대치에 도달했을 때의 그 행복감과 쾌감은 우리 인생을 더욱 재밌고 풍부하게 해주기도 한다. 문제는 수동적인 행복과 능동적인 행복 간의 압도적인 비대칭에 있다. 부, 명예, 목표, 좋아하는 활동과 같은 외부 조건에만 의존하는 비중이 크면 외부조건이 흔들리는 순간, 순식간에 불행감의 나락으로 떨어지게 된다.

그래서 행복을 갈망하는 우리에게 최종적으로 필요한 것은 신경을 잘 쓰지 않았던 능동적인 행복에도 충분히 관심을 가져본 후, 아래의 예시처럼 두 형태의 행복 사이에서 자신에게 맞는 적절한 균형을 찾는 일이다.

예시 1

"아쉽지만 내가 이번 학기에 목표했던 1등을 놓쳤어." (수동적인 행복을 얻지 못함)

"그래도 공부했던 과정들이 나중에 도움이 될 거야. 그 부분에 있어서 만족해야겠어." (능동적인 행복으로 대체)

예시 2

"오늘따라 기분이 안 좋아서, 긍정적으로 생각하는 게 잘 안 돼." (능동적인 행복을 얻지 못함)

"내가 좋아하는 쇼핑이나 하러 가야겠어." (수동적인 행복으로 대체)

행복의 기준은 절대적으로 정해지는 게 아니다. 조금 낡았지만 가장 좋아하는 셔츠를 걸치고 맑은 공기를 기쁘게 흠뻑 마시며 나서는 사람의 걸음이, 멋진 자동차를 타고 목적지까지 빨리 도착하는 사람의 길보다 덜 행복하다고 말할 수 없는 것처럼 말이다.

지금 당신이 행복의 기준을 바꾼다고 하더라도 그것은 기존의 것과 다른 것일 뿐, 틀린 건 아니다. 그러므로 당신의 행복의 기준이 어떤 것이든, 당신에게는 그 기준에 따라 추구한 행복을 마음껏 누릴 권리가 있다.

모든 사람의 행복의 기준은
서로 틀린 게 아니라 다른 것이고,
사람의 마음가짐과 신념의 변화에 따라
충분히 변할 수 있다.

삶에 좋은 에너지를 충전해주는
이완 명상

> **사용법** 오직 내 호흡과 마음에 집중할 수 있는 환경을 만들어주세요. 푹신한 바닥에 누워서 하는 것이 가장 좋지만, 여건이 안 될 때에는 사무실 의자에 조용히 앉아서 명상하는 것도 충분히 가능해요.

마음이 불안한 감정으로 꽉 차 있을 때 삶의 긍정적 에너지가 들어올 공간이 없어 사고가 부정적으로 흘러가는 경향이 있죠. 그래서 이따금 내면의 공간을 비워내는 작업을 통해 삶의 좋은 에너지가 나를 통과하도록 마음을 디자인할 필요가 있습니다.

이번 시간에는 긴장되거나 불안할 때 흥분을 가라앉히고 마음을 이완 상태로 만들어주는 명상을 소개하고자 합니다. 호흡과 몸의 감각에 주의를 기울이고 긴장되어 있는 감각에 힘을 뺄 때 마음의 꽉 찬 공간이 조금씩 비워지는 것을 느낄 수 있을 거예요. 자, 시작해볼까요?

편안한 자세를 취합니다.

만일 지금 눈을 뜨고 있다면, 이제 눈을 감아주세요.

이제 심호흡을 몇 차례 하겠습니다.

숨을 깊이 들이쉬고 천천히 내쉽니다.

다시 깊이 들이쉬고 천천히 내쉽니다.

반복해서 심호흡을 지속합니다.

숨을 들이쉴 때에는

주변의 좋은 에너지를 듬뿍 들이마시고,

내쉴 때에는 몸과 마음에 있는 긴장과 불안을

모두 내보낸다는 느낌을 가집니다.

심호흡을 할 수록 몸과 마음이 더욱 편안해집니다.

이제 모든 의식을 정수리에 집중합니다.

이제 정수리에 힘을 모두 뺍니다.

머리의 힘이 다 빠지고

머릿속이 텅 비어버린 듯이 느껴봅니다.

계속해서 이마의 힘을 빼고,

눈꺼풀과 눈동자의 힘도 뺍니다.

그 부위의 힘이 모두 다 빠진 것을 느껴봅니다.

계속해서 코의 힘도 빼고 입술의 힘도 뺍니다.

혀의 힘도 빼고, 턱의 힘도 빼고,

마지막으로 목의 힘까지 모두 뺍니다.

이제 얼굴에 있는 모든 근육들이 느슨하게 이완되었습니다.

얼굴이 아주 편안하게 느껴집니다.

계속해서 어깨의 힘도 빼고,

팔꿈치와 손목의 힘도 뺍니다.

양손의 힘도 모두 뺍니다.

가슴의 힘도 빼고 아랫배의 힘도 뺍니다.

등의 힘도 빼고 허리의 힘도 뺍니다.

허벅지의 힘도 빼고 무릎의 힘도 뺍니다.

종아리의 힘도 빼고 발목과 발등의 힘도 뺍니다.

발가락의 힘도 빼고,

마지막으로 발바닥의 힘까지 모두 뺍니다.

이제 당신은 머리 꼭대기에서 발바닥까지

온몸의 힘이 모두 빠지고

모든 근육이 느슨하게 이완되었습니다.

몸이 아래로 착 가라앉는 듯 느껴지며,

몸과 마음이 아주 편안합니다.

아주 편안합니다.

지금 이 기분을 마음껏 느껴봅니다.

자, 이제 셋을 세게 되면 눈을 뜨시면 됩니다.

하나. 명상을 마무리할 준비를 합니다.

둘. 이제 눈을 뜨게 되면 머리가 맑고

마음이 편안해질 것입니다.

셋. 눈을 뜹니다.

수고한 자신에게 따뜻함을 전하는 감사 명상

> **사용법** 유난히 힘든 일들이 많았던 날, 꼭 추천하고 싶은 명상입니다. 낮보다는 밤에 하는 것을 권합니다. 하루 일과를 마치고 천천히 따뜻한 물로 샤워를 한 다음, 잠들기 전에 침대에 누워서 하는 것이 가장 좋습니다.

저는 심리 치유의 출발지이자 동시에 종착지는 자신을 따뜻하게 돌보는 것이라고 믿습니다. 자신을 차갑게 몰아세우거나 채찍질하는 것이 아니라, 마치 아이를 돌보듯 자신을 이해하고 따뜻하게 안아줄 때 우리가 이미 가지고 있는 치유 능력이 더욱 원활하게 작동한다고 생각합니다.

이번 시간에는 하루를 마치고 수고한 자신에게 감사하는 마음을 보내는 명상을 소개하고자 합니다. 진심을 담은 감사는 그 안에 공감과 위로, 그리고 따뜻한 온기를 가지고 있습니다. 오늘 하루, 그리고 지난날들 동안 수고한 자신에게 진심으로 감사함을 표현할 때 우리의 마음속은 따뜻함으로 가득찰 것입니다.

편안한 자세를 취합니다.

자리에 눕거나 의자에 앉으셔도 좋습니다.

만일 눈을 뜨고 있다면 이제 눈을 감아주세요.

속으로 자신에게 말합니다.

나는 지금 편안히 쉬고 있다.

명상을 하는 동안 당신의 몸과 마음은

완전히 평온한 상태로 들어갑니다.

다시 한 번 자신에게 말합니다.

나는 지금 편안히 쉬고 있다.

이제 두 손을 배에 얹습니다.

지금부터 심호흡을 몇 차례 하겠습니다.

코로 숨을 깊게 들이쉬고 입으로 천천히 내쉽니다.

다시 깊게 들이쉬고 내쉽니다.

또 한 번 깊게 들이쉬고 내쉽니다.

몇 차례 심호흡을 계속 하겠습니다.

심호흡을 하는 동안 배의 움직임을 느낍니다.
숨을 들이쉴 때 배가 올라갔다가
숨을 내쉴 때 배가 내려가는 것을 느낍니다.

배의 움직임을 느끼는 동안 점점 배에 온기가 생깁니다.
따뜻함이 배에서 손으로, 손에서 몸 전체로 조금씩 퍼져갑니다.

지금부터 자신에게 고마움을 표현하겠습니다.
저를 따라서 속으로 말하거나 소리 내어 말하면 됩니다.

오늘 하루 수고 많았지?
쉽진 않았지만 몸 건강히 잘 보내줘서 고마워.
그리고 이렇게 명상을 통해
마음이 쉬는 시간을 갖게 해줘서 고마워.

지금까지 살아오면서 여러모로 아픔과 굴곡이 있었잖아.
때로 감당하기 힘든 일을 겪은 적도 있었고
다 내려놓고 싶었던 순간도 있었는데
그럼에도 그동안 잘 버텨줘서 고마워.

비록 많이 부족하지만, 앞으로도 잘 부탁할게.

나와 늘 함께해줘서 고마워.

그리고 자신에게 건네고 싶은 고마움을 자유롭게 말합니다.

자신에게 고마움을 표현한 지금,

마음속에 올라오는 감정을 느껴봅니다.

지금 이 순간의 느낌을 음미합니다.

이제 제가 셋을 세면 눈을 뜨면 됩니다.

하나, 명상을 마무리 할 준비를 합니다.

둘, 눈을 뜨면 마음이 평온하고 따뜻할 것입니다.

셋, 눈을 뜹니다.

타인의 시선이 두려울 때
내 모습이 부끄럽다고 생각될 때
나에게 어떤 문제가 있다고 여겨질 때

나의 자존감과 존재감을 지키는
단 한마디의 말.

"나는 충분해."